coleção
rosa manga

FOLHETIM

Cesar Augusto de Carvalho

FOLHETIM

Contos

1ª edição, 2024, São Paulo

LARANJA ● ORIGINAL

– Mestre, qual a origem do desejo?
Buda respondeu: – O pensamento.[1]

1 *Ensinamentos do Buda: uma antologia do cânone Páli.* São Paulo: Devir Livraria, 2008, pág. 198.

FLIPANDO EM PARATY

Puto da vida era pouco. Estava era raivoso, encolerizado, irado, furioso, enquizilado, perturbado. Também, pudera! Dali a dois dias a ordem de despejo seria cumprida e eu iria para a rua.

Estava sem dinheiro. A luz elétrica não foi cortada porque um amigo me ensinou a fazer uma gambiarra. Só espero que o vizinho não perceba. No armário da cozinha alguns cereais davam para ao menos um mês. Na geladeira, só algumas batatas, um cará e duas cenouras. Acabariam logo. Mas sobrariam os cereais. O bujão de gás, usado com parcimônia, duraria um bom tempo.

Sem dinheiro, conseguiria sobreviver uns trinta, quarenta dias sem passar fome, não fosse essa ordem de despejo. Eles não terão muito o que colocar fora, mas e a minha biblioteca? Tenho ao menos uns dois mil livros. Vão queimá-los ou apenas jogá-los na rua? Bem, qual a diferença? E para onde eu iria? Se meus amigos, que já não são muitos, recusaram-se a emprestar-me dinheiro, imagine então hospedar-me. Nem por sombra!

O pequeno e surrado tapete da sala já estava marcado pelos meus sapatos de tanto que andava em círculos. A cabeça fervilhava, buscando meios para sair daquela desastrosa situação financeira.

O que foi possível fazer para arrumar trabalho, eu fiz. Mandei e-mails, telefonei, visitei tudo quanto foi empresa oferecendo-me como redator. Inexistiam vagas. E as desculpas variavam. Uma era a necessidade de enxugar quadros, outra era a implementação da nova lei que infernizou o trabalhador, tirou-lhe os direitos e o reduziu quase à condição de escravo. Grande parte dessas empresas chegou a mandar embora seus empregados para recontratá-los pela nova lei. Numa delas tiveram a cara de pau de me propor trabalho voluntário, por três meses, para depois, se aprovado, ser contratado. Declinei do convite.

O que eu precisava era me sentar, descansar, parar de pensar. Detalhe: sentar onde? Sem sofá e sem nada há duas semanas. Cama, mesa, cadeiras, frigideiras, panelas também viraram cifrões na conta bancária. Duas panelas velhinhas, os copos de requeijão que ninguém compra, claro, e um banquinho foi o que sobrou. Se ao menos tivesse a TV, me distrairia um pouco. Mas também foi vendida. Sobraram só os livros que agora tinham destino incerto, mas triste: rua ou fogueira? Alguns amigos aconselharam-me a vendê-los. Tentei, mas as ofertas eram ridículas. Não valia a pena. Uma hora o clima muda e os livros, eles, ao menos, ficam. O resto compraria de novo.

Estava cansado, precisava me sentar. Fui buscar o banquinho, que estava na cozinha, quando o celular sinalizou a chegada de uma mensagem. Quem poderia ser? Não participo de grupos de conversa, os amigos se afastaram depois que comecei a pedir dinheiro emprestado; namorada, nenhuma. A última, a Helena, me abandonou depois que a fiz pagar a diária do motel. Ela pagou, mas também sumiu.

Com o banquinho na mão fui até a biblioteca. Que o celular estava lá, estava, tinha certeza, só não sabia onde. Na escrivaninha não estava, não havia escrivaninha. Tinha sido vendida. Em cima de algum livro, talvez, mas em qual das prateleiras? Algumas eram pura desordem. Livros mais empilhados que organizados. Olhei primeiro na última estante que mexi. Passei o dedo pelos livros, Guimarães Rosa, *Grande Sertão: Veredas*, *Sagarana*. Não, aqui em literatura não. Na estante de poesia? Ah, sim, aí está, em cima do *Estar Sendo. Ter Sido*, da Hilda Hilst.

No telefone, uma mensagem da Ísis, editora de um grupo multimídia. O que ela queria comigo? Estávamos separados e não nos víamos havia mais de dois anos. Briga, não tinha havido, nem discussão, nem nada. Cansamos um do outro e nos separamos. Passado um tempo um amigo me contou que ela havia sido contratada para dirigir um departamento da empresa. Aliás, foi a única pessoa à qual não pedi ajuda. Nem adiantaria. Ísis jamais chamaria a mim ou qualquer pessoa com quem tivesse relação próxima. Questão de ética, "Trabalho com gente competente, não com amigos", costumava sibilar.

Abri o aplicativo. Dos pauzinhos da bateria restava um, quase no fim. Procurei o carregador, pluguei o telefone na tomada e sentei-me no banquinho. Não sabia se ria ou chorava com a mensagem: “Tenho proposta de trabalho. Do seu agrado e gratificante. Quer? Me ligue. Bjs.”

Num impulso, joguei o telefone para o alto e dei um pulo. Preso ao cabo, ele deu um tranco. Assustei-me e, antes que batesse no chão, aparei-o com o pé, reduzindo o choque. Inconcebível ficar sem aquele aparelho agora, para mim, milagroso. Enquanto procurava o número telefônico, minha memória revivia o passado. Quando nos conhecemos, Isis foi poesia em minha vida. Vivia dias terríveis. Cheguei a pensar em suicídio. Aí ela apareceu para me iluminar, todavia, a luz forte a princípio foi se enfraquecendo...

Era insuportavelmente regrada, muito regrada. O relógio marcava seu dia. Os problemas começavam com o horário de se levantar. Ela acordava às sete horas da manhã, eu, ao meio-dia. Primeira briga, não tomar café da manhã juntos.

Deitava-se cedo, no máximo às onze horas, eu, três, quatro da manhã. Ela queria sentir-se aconchegada quando deitasse e eu, claro, não fazia isso. Um de seus hábitos horrorosos era o de elaborar um cronograma semanal que o casal deveria cumprir. E cobrava cada detalhe. Era um saco. Só não agendava os dias em que treparíamos. Isso não conseguiria planejar. Tinha um tesão incontrolável. Perdi a conta das vezes que acordei com ela chupando meu pau e se masturbando. Nem sempre eu aguentava o tranco. No entanto, ela não ligava, desde que não fosse alguma galinhagem que eu estivesse praticando. Aí virava o capiroto.

Seu ciúme fez com que meus amigos se afastassem. Ficaram só os dela. E eu era tão cego, tão cego, ah, o amor, né?! que nossa relação durou uns bons anos. Não sei como aguentei. Quando propus nos separarmos, ela ficou feliz e confessou que estava prestes a me fazer o mesmo pedido. Apaixonara-se por outro. Tinha um amante. A vantagem de um casal morar junto, sem oficializar a união, é essa: não desperdiça dinheiro com advogados. E a separação pode ser simples, como no nosso caso. Ela levou as coisas dela e algumas minhas, confesso, mas deixei passar. Eu continuei morando no apartamento do qual agora estou sendo despejado. Coisas da vida. Agora essa: Ísis propondo trabalho!

– Ísis?! (...) ah, não? (...) tá ocupada. Tudo bem. Espero. Esperei um bom tempo. O celular, ainda ligado à tomada, incomodava a orelha por ele aquecida. Celular velho é isso. A bateria vicia, descarrega toda hora. O aplicativo não carregava. Os créditos por acabar e ela não atendia ao telefone. Desliguei. Achei melhor.

Ficar sem contato me congelava a alma e eu precisava daquele endereço. Voltei a pegar o celular:

– Alô. Desculpe, a ligação caiu. Estava esperando a Ísis (...) A senhora poderia me passar o endereço? Preciso falar com ela pessoalmente. Entendi, entendi. Mas é que também preciso do endereço... (...) Ísis, é você?! Você me mandou uma mensagem... (...) Claro que topo, mas tem um detalhe. Minhas habilidades de jornalista são nulas e eu não teria coragem de entrevistar pessoas, públicas ou não. Melhor seria chamar um jornalista para esse trabalho, Ísis.

Quando pronunciei estas palavras, meu corpo congelou e eu emudeci. O que estava falando? Prestes a ser despejado. Prestes a passar fome. Prestes a mendigar um pedaço de pão e, ainda assim, dispenso o trabalho?!

– Ah, entendi! Você quer que eu colete informações diárias sobre o que estou presenciando sem o compromisso de escrever qualquer texto. Só falar do que vi? (...) bem, nesse caso, topo. Só tem um problema e espero que você entenda e, por favor, me ajude. Preciso desesperadamente receber adiantado. E como você me conhece bem, afinal vivemos um par de anos juntos, sinto-me à vontade para te pedir este favor. Daqui a dois dias serei despejado e só tem um jeito de evitar o despejo: pagar a dívida. Você me ajuda? (...) Ísis, você é um amor, minha deusa egípcia, como posso te agradecer? Dizer obrigado é pouco... (...) se eu ainda te amo? Para dizer a verdade, nunca te esqueci. Mas por que me pergunta? Está solteira de novo? (...) alô, alô.

Desligou o telefone, com certeza. Bem, ao menos agora estou garantido. Com essa grana pago os aluguéis atrasados, as dívidas, e ainda sobra para alguns meses. Agora, preparar as malas e ir para Paraty. Cinco dias para circular pelas linhas e bordados da literatura e da poesia. E a homenageada da Flip 2018 é ninguém menos que Hilda Hilst, a irreverente poeta e escritora que, rejeitada em vida, hoje é disputada pelas editoras.

Presente dos deuses, era a única expressão que dava conta do significado daquela proposta salvadora. Que maravilha, trabalhar com prazer e se livrar por alguns meses de preocupações financeiras e, melhor ainda, não ter que entrevistar ninguém. Disso tenho o maior cagaço. Fico emudecido, sem saber o que perguntar. Quando consigo abrir a boca, balbucio. Por isso admiro o trabalho dos jornalistas, eles não se intimidam em conseguir uma entrevista. São intrometidos, entrões mesmo, mas é parte do trabalho. Eu não sirvo para isso. Prefiro recolher-me, inventar minhas mentiras. Falar com ninguém. Eu e as sombras. Só.

Cheguei em Paraty no final da tarde com aquele calor típico de nosso inverno, nem muito quente, nem muito frio. Estava a pouco menos de quinhentos metros da pousada, na Praça do Chafariz, dez minutos a pé, no máximo. Com minha mala pequena, ainda que pesada, faria o trajeto tranquilo deslizando-a pela calçada.

Ao sair da rodoviária, percebi que seria difícil puxar a mala naquele calçamento estreito. Quando tinha espaço, era ocupado pelos estandes das lojinhas modestas e provincianas. Melhor ir pela rua. Qual o quê! O calçamento era pior, com uma depressão no meio. Ótimo para escoar água, para andar, uma merda. Antes que as rodinhas da mala arrebentassem naquele sacolejar, peguei-a pela alça. Um erro, pois senti uma dor insuportável nas costas. Merda! Melhor quebrar a mala que travar a lombar. Só falta essa, ficar de cama em Paraty em plena Flip! E o compromisso? Teria que devolver o dinheiro recebido, mas, como? Já gastei boa parte pagando as dívidas.

Melhor segurar a peteca, evitar trancos e seguir. Respirei fundo, estiquei lentamente braços e pés. Por vários minutos alonguei o corpo. As pessoas passavam. Um ou outro, desviando-se, manifestava algum estranhamento, mas continuava sua jornada.

Diminuída a dor, ergui a mala e coloquei-a na cabeça feito as mulheres lavadeiras de beira de rio. Andava com cuidado. As solas de couro dos sapatos escorregavam com facilidade pelas pedras e o risco de cair era grande. Meus passos eram vagarosos, quase em câmera lenta, mas, mesmo assim, tomando todo o cuidado, meu pé direito deslizou prendendo-se no vão das pedras. Perdi o equilíbrio. Minha reação foi instantânea. Joguei meu corpo para o lado contrário ao da queda e evitei o baque. Não caí, mas a mala sim. Uma senhora que viu a cena, ao passar por mim, não se conteve:

– Esse sapato não serve não, moço. Por aqui tem que andar de tênis ou de chinelo. Melhor é descalço, né?! – deu uma risadinha e continuou andando.

Cacete, tem certas pessoas que ficariam melhor caladas. Velha chata! Olhei-a de forma ríspida, fechei a cara, mas ela continuou sem dar bola. Melhor assim, pois, caso ela dissesse algo, seria capaz de armar um barraco.

Voltei a colocar a mala na cabeça e pisei em ovos os quatrocentos infindáveis metros restantes. Na cabeça, além da mala, a mulher dando risadinha e dizendo, "melhor é descalço, né?!"

Sorte dela eu estar de bom humor e meu pavio estar um pouco mais comprido. Antes era mais curto e eu explodia por nada. Mas ele não estava longo o suficiente para evitar minha ira ao chegar na pousada. A suíte, putz! Chamar aquilo de suíte é brincadeira. Quarto sem janelas, em frente à recepção, no fim da escada alta, bem alta. Quinta categoria a preço de cinco estrelas.

Depois do banho telefonaria para Ísis e reclamaria. Tudo bem, não sou exigente, não quero hospedagem de luxo. Apenas um pouquinho de conforto, ter luz do sol entrando pela janela do quarto. Pelo preço que estavam pagando encontrariam algo melhorzinho. Mas não precisei telefonar, ela o fez antes. Respirei fundo. Diminuí a chama para o pavio aguentar nem que fosse por alguns minutos. Relação profissional tem que ser fria. Pro-fis-sio-nal. Atendi:

– (...) também precisava falar com você. Coincidência. (...) É. Sei. Sincronicidade, mais do que coincidência. (...) O assunto? É sobre a pousada. Para dizer a verdade estou puto. Por que me botaram num quarto sem janela? Porra! (...), mesmo que tenham fechado a agenda em cima da hora conseguiriam acomodação melhor (...) entrar nas redes sociais? (...) Seguidores? Quem tem seguidor é profeta! Você não está falando sério, está? Só falta essa agora, tirar fotinhos do prato de comida e postar no Facebook. Brincadeira! Nem a pau faço isso. (...) aumentar o público?! Isis, essas redes são bolhas. Falamos sempre com as mesmas pessoas. Um saco. Quero não. Aliás, nem está no nosso contrato. Fim de papo. Fui. (...) jantarmos quando chegar em São Paulo? Mas por quê? Para discutir o trabalho? (...) não?! (...) nós? Eu e você? (...) tá, tudo bem. Só não entendo o motivo, afinal são dois anos sem nos vermos. E agora, assim, do nada, um jantar? (...) tá. Não quer falar por telefone. Entendo. Tá bem. Vou pensar. Melhor terça. Segunda fica difícil, saio daqui à tarde.

A birra suavizou depois dessa conversa. Afinal, que importância tem um quarto sem janelas diante do reencontro com uma pessoa outrora amada?

Liguei o chuveiro na temperatura máxima e tomei um banho demorado, enquanto em minha tela cerebral as imagens passeavam céleres: as noites de amor enlouquecido, as poesias escritas em conjunto à beira-mar, o corpo pequeno, roliço e gostoso. De novo, não segurei o coração. Fiquei maluco.

Uma das coisas mais deliciosas que me aconteceram foi seduzi-la. Nos conhecemos durante um jantar com um grupo de amigos e, na despedida, convidou-me para um café em seu apartamento. Horas de papo em sua quitinete. A cama servindo de sofá. Ela à minha esquerda, quase deitada. Eu, sentado na beirada, com o corpo curvado para ela. Fumei não sei quantos cigarros arquitetando uma forma de declarar meu amor, que, àquela altura, era puro tesão. Fumei mais um cigarro e recostei-me na cama, apoiando as costas na parede. Deslizei-me lentamente e levei o braço direito em direção ao seu quadril. Senti, através do tecido preto, liso e fino, sua pele quente. Pressionei. Ela pegou minha mão, roçou-a pelo corpo até chegar em seu mamilo.

A abertura da Flip se daria em poucas horas. Pelas informações de Alexandre, gerente da pousada, estava a cinco minutos da Praça da Matriz, local dos eventos oficiais. Lá, além do auditório para os pagantes, foi montada uma enorme tenda, com projeção ao vivo e capacidade para mais de 700 pessoas, para projetar os debates que aconteceriam ao lado.

Quando a incompetência e o profissionalismo faltam, dá nisso: estava sem ingressos para o auditório principal e, portanto, teria que acompanhar a abertura pelo lado de fora. Sem ingresso e, claro, quase nada de informações sobre o evento. Sabia que, na abertura, a atriz Fernanda Montenegro se apresentaria. Sabia que alguns fenômenos literários, o carioca Giovani Martins, a francesa Leila Slimani, estariam presentes. Não tivera tempo para pesquisar a programação, ocupado em evitar o despejo e pagar as contas.

Restavam-me duas horas, o suficiente para me programar e dar um primeiro voo solo na cidade. Só não contava com a chuva. Do meu quarto sem janela, não ouvia nem via nada. Depois do banho, vesti minha roupa quentinha, a temperatura começara a cair, desfiz a mala, organizei as roupas e desci a escada. Surpresa! Foi botar o pé na calçada que a chuva começou. Pequenas gotas, a princípio, depois engrossaram. A alternativa era entrar na padaria, esquina da Rua da Lapa com a Praça do Chafariz, tomar um café e esperar.

Para evitar a chuva, muitos, como eu, entraram na padaria formando uma fila enorme em direção ao caixa. Obedecíamos ao aviso estampado no balcão, bem à vista: "escolha, pague e consuma". Nas portas, pessoas aglomeradas, confundindo-se com a fila que tartarugava. Lá fora, poças d'água proliferavam. Paguei o café e, antes de dirigir-me ao balcão, olhei para fora e, sem pensar, falei em voz alta: "que merda essa chuva!". Não deu outra. Uma senhora, na paciência de seus oitenta anos, olhou para mim e disse:

– Moço, já experimentou viver sem água?

Não falou mais nada. Sua pergunta foi uma pancada. Desnorteei. Perdi o rumo, não que o tivesse. Pergunta sorrateira. Jeito sacana de passar um pito na gente. Desconcertado, continuei em direção ao balcão cuja fila era pouco menor que a do caixa, mas também tartarugava. Atrás dele, as três jovens garçonetes distraíam-se com fofocas enquanto atendiam. A chuva diminuiu e a fila também.

Chegou minha vez. Estava havia tempos encostado no balcão, só o que fiz foi erguer a comanda na esperança de ser visto e atendido.

Com o movimento menor, as garçonetes esqueceram do balcão e se divertiam, sussurrando umas às outras. Perdi a paciência e dei um berro. Fui atendido rapidinho, mas o café veio morno. Uma garota que eu, cegado pela quizila, não tinha visto, estava do meu lado e acompanhou toda a cena. De soslaio, me olhava enquanto fazia seu pedido.

Observava-a enquanto bebia. Não tinha mais do que um metro e sessenta, um metro e sessenta e cinco e a pele queimada de sol. O quase branco de seu vestido longo, esvoaçante, desenhava as linhas de seu corpo esbelto, coxas firmes e pés delicados. Aumentei a distância entre um gole e outro para ganhar mais tempo e apreciar a musa que se apresentava à minha frente. Quando seu pedido chegou, meu café estava praticamente gelado. Bestificado, acompanhei sua saída da padaria sem me mover. Sentia-me um paspalho. Ela deu dicas, me olhou, ela queria, senti que queria, tava a fim e eu fiquei quieto, tomando café, caralho! Ela é linda! E a deixei ir embora sem mais. Evaporou.

De repente, o que começara a sentir por Ísis, depois de nossa conversa, desapareceu. Os batimentos cardíacos aceleravam agora por aquela jovem desconhecida. Saí da padaria, a chuva havia passado, e olhei para todos os lados. Nada. Resolvi andar pela Rua da Lapa e ir até à Praça da Matriz, pegar a programação impressa. Afinal, tinha um trabalho a cumprir.

Do lado de fora da tenda, embaixo de chuva, assisti à apresentação de Fernanda Montenegro lendo alguns poemas e trechos em prosa de Hilda Hilst. Com todas as cadeiras ocupadas, centenas de pessoas em pé estendiam-se desde a entrada da tenda até a praça, indiferentes à chuva, agora mais fraca, atentas à voz poética da atriz. Procurei abrir espaço, tentando entrar para proteger-me, mas o que consegui de melhor foi ficar embaixo da calha, onde a água caía mais espessa, e ter o blusão encharcado. Um suplício.

A chuva me incomodava, e a frase daquela velha da padaria voltava, intermitente, desviando minha atenção, obrigando-me a um esforço extra para ouvir a leitura da atriz. Valeu o sacrifício. Fernanda Montenegro, grande atriz que é, não teatralizou os versos da poeta, como é usual entre atores, não só atores, poetas também. A leveza da palavra borboleta, por exemplo, se perde ao ganhar asas teatrais.

Com a chuva persistente, desisti de assistir à segunda parte da abertura. Precisava encontrar um bar ou restaurante para saciar minha larica e me secar. Abri caminho entre a multidão que, tanto quanto a chuva, persistia concentrada na tela do auditório e atravessei a praça.

Em frente à livraria patrocinadora do evento, contígua à praça, havia uma série de bares e restaurantes que ofereciam cardápios diversificados, além de bebidas típicas da região. Beber, não tinha vontade, comer, sim. Uma comida leve, rápida e digerível.

Peguei o caminho errado. No lugar de virar à direita, virei à esquerda e saí numa rua que, apesar de movimentada, não tinha qualquer opção gastronômica. Voltei. A chuva parou, mas quando cheguei ao local certo, os bares estavam lotados. Sem chance de encontrar mesa vazia ou mesmo uma banqueta no balcão. Onde acharia um bar ou restaurante mais sossegado? Que direção tomar? Nada conheço dessa cidade. Negócio é andar a esmo até encontrar algum boteco. Poderia perguntar para alguém, mas não estava a fim.

Estava com o saco cheio das pessoas. Queria distância. Ficar sozinho. Sentar numa mesa, num lugar quentinho, comer um lanche, tomar um café e até beber uma cerveja, o que não me é aconselhável, e navegar nas lembranças daquela jovem. Redesenhar seu rosto, seu corpo. O celular vibrou. Ela, de novo! Caralho, o que essa mulher quer comigo? Me ligue. Me ligue o caralho. Não tenho nada a dizer. Ligo não. Desliguei o celular e continuei escorregando nas pedras, desviando-me da multidão à procura de um lugar para comer.

Não demorei a encontrar uma lanchonete que ficava na esquina de um cruzamento repleto de pessoas que assistiam a um grupo de maracatu. Com certeza não teria lugar para sentar, mas fazer o quê? Lancharia em pé, encostado no balcão. Foi difícil entrar. As pessoas comprimiam-se na rua bloqueando a porta. Forcei a barra. Ásperos "dá licença" e o empurrar um aqui, outro ali, me ajudaram a chegar ao balcão.

– Por favor, um sanduíche de queijo quente e um café.

– Não atendemos no balcão. Só nas mesas.

– Mas não tem lugar. Está tudo ocupado.

– Tem que entrar na fila – apontou em direção a umas quinze pessoas – e esperar. Reclamei em voz alta. A balconista não deu atenção, voltou-me as costas e foi para a máquina de café atender um pedido. Desisti. Girei o corpo e extasiei. A garota da padaria estava ali, bem na minha frente, sentada e me olhando. Ela sorriu, apontou-me a cadeira vazia em sua mesa. Dessa vez não hesitei. Agradeci o convite e sentei-me inebriado.

– Está mais calmo? – perguntou-me olhando-me nos olhos. Ouvi e entendi, mas emudeci enfeitiçado pelo som de sua voz que penetrava em minha pele. O sangue célere aumentou meus batimentos cardíacos. No peito, a sensação de peso e de vazio, um ampliando o outro. Eu a olhava. Devia estar com cara de atoleimado. Ah, Pessoa, você tem razão. Se tivesse que escrever uma carta de amor naquele momento ela seria a mais ridícula jamais escrita. Seu sorriso cresceu e, antes que voltasse a fazer nova pergunta, comentei:

– Que coincidência, não? Na padaria você me vê brigando. Aqui, idem. Que chato. Deve achar que sou ranzinza?!

Não teve tempo de responder. A garçonete chegou trazendo-lhe um sanduíche de linguiça com queijo branco e um suco de laranja. Aproveitei e pedi o meu. "Vai demorar uns dez minutos", disse mal-humorada. Levantei os ombros em sinal de indiferença e confirmei o pedido. Meu receio era que a garota, tendo consumido seu lanche, fosse embora e eu ficasse sozinho. Com o coração acelerado, matutava estratégias para mantê-la enquanto conversávamos inutilidades.

Meu lanche chegou e, antes que começasse a me servir, perguntou-me o que fazia em Paraty. Foi a pergunta salvadora. Ao saber que estava ali a trabalho, se ofereceu para levar-me a uma das parceiras da Flip, a Casa do Desejo. Disse que conhecia o coordenador, um poeta de São Paulo. A casa, além da editora Patuá, reunia várias independentes, do Brasil inteiro. E a programação, intensa. Lançamentos de livros, poesia e prosa, saraus, performances, shows, debates.

Não hesitei um instante em aceitar a proposta. Sentia-me leve, tão leve que parecia flutuar. A caminho da Casa do Desejo, ao passarmos pela mesma rua dos bares próximos à Praça da Matriz, ela parou, apontou para um deles, o Bar da Prosa, e disse:

– Depois, se você quiser, mais tarde, quando estiver mais vazio, podemos beber o Jorge Amado.

– Beber o Jorge Amado?! – ri. Em tom de deboche, continuei – com certeza tem cravo e canela.

– Óbvio. É caipirinha feita com Gabriela – cachaça com cravo e canela – misturada com limão e maracujá. Delícia das delícias. Um refresco. Quem vem a Paraty não pode ir embora sem experimentar.

– Afinal, as filmagens de *Gabriela, Cravo e Canela* foram aqui. Sonia Braga, Marcelo Mastroianni. Bela homenagem. O pessoal sabe fazer marketing. Criaram a caipirinha e deixaram registradas as lembranças do filme.

Estávamos parados, um quase encostado nos ombros do outro, ambos olhando em direção ao bar. Quando terminei de falar, ela pegou em minha mão, apertou-a entre seus dedos e disse:

– Vamos? Eles fecham às dez – e me puxou. Segurou-me com firmeza, andando rápido à minha frente. Eu a acompanhava feito criança, com medo de escorregar nas pedras, ainda mais agora, com elas molhadas pela chuva. No relógio do celular era pouco mais de nove e meia. Não precisava ter pressa, lhe dizia.

Era o primeiro dia do evento, tínhamos mais quatro dias pela frente e a Casa continuaria lá, até o final. Mas ela não me ouvia ou fingia não ouvir. O motivo, caso houvesse, me escapava.

Entramos numa rua transversal à praça, a Rua da Cadeia, que terminava numa orla, defronte a uma pequena baía. Depois da primeira quadra, o fluxo de pessoas diminuiu consideravelmente e ela perdeu a pressa. Apertou minha mão com delicadeza e, em silêncio, encostou seu braço no meu e caminhamos de mãos dadas, feito namorados. Quando chegamos à Casa do Desejo estávamos quase colados.

A Casa finalizava sua organização e poucas pessoas percorriam seus ambientes. Na sala da frente, logo na entrada, bancas de livros e jornais literários, a maioria protegida por plásticos. Duas ou três pessoas atendiam ao escasso público àquele momento. Na saída, uma sansei conversava com um casal sobre a poesia japonesa, Bashô e haicais eróticos. Olhando de soslaio, fingindo ver os livros expostos em sua bancada, acompanhei parte da conversa e soube que ela, Marilia Kubota, era uma poeta de Curitiba, escritora de haicais. Nunca tinha ouvido falar de haicai erótico e muito menos que Bashô os tivesse escrito.

A vontade era de participar, pedir maiores informações. Poderia até usar o famoso "dá licença" e entrar na conversa, mas só pedi licença mesmo para sairmos.

Àquela altura não estava muito interessado em nada que não fosse ficar com aquela garota. Ao seu lado, minha ansiedade aumentava. Pressão e vazio disputavam meu peito, mas estava feliz. Vontade era abraçá-la, beijá-la. Aí que me dei conta: não sabíamos o nome um do outro! E estávamos juntos havia algum tempo. Encostei-me na mureta que divide a frente da Casa do Desejo com o prédio do museu e acendi um cigarro. E ela, bem à minha frente, levou uma baforada imprevista. Abanou-se com a mão. Pedi desculpas e resmunguei que não tinha vergonha na cara, que precisava largar essa merda, que parecia um dragão falido. Ela riu. Aproveitei:

– Sabe que estamos conversando há um tempão e nem sei seu nome? Aliás, nem lhe disse o meu!

Ela tomou o cigarro de minha mão, tragou fundo, prendeu a respiração, olhou para o céu e soltou a fumaça. Devolveu-me o cigarro e voltou a olhar as estrelas. No céu, a lua cheia dava um ar romântico ao vazio da rua e nos lembrava o eclipse, que aconteceria no dia seguinte. Depois de duas ou três tragadas em silêncio, resolvi refazer a pergunta. Não tive tempo. Ela pegou minha mão, ajeitou-se entre minhas pernas, abraçou-me e cochichou em meu ouvido:

"Leva-me a um lugar onde a paisagem
Se pareça àquela das visões da mente.
Que seja verde o rio, claro o poente
Que seja longa e leve a minha viagem.
Leva-me sem ódio e sem amor
Despojada de tudo que não seja
Eu mesma. Morna estrutura sem cor
A minha vida. E sem velada beleza.
Leva-me e deixa-me só. Na
Singeleza de apenas existir, sem vida extrema.
E que nos escuros claustros do poema

Eu encontre afinal minha certeza"[1]

Minha cabeça entrou em parafuso com os pensamentos enroscando-se uns aos outros. No peito, sentia as batidas do coração mais fortes do que atabaque em terreiro de umbanda. De seu corpo vinha um calor aconchegante. Receoso, abraçava-a com leveza, mas, à medida que falava, nos enlaçávamos mais e, quando ela acabou, estávamos atados. Por nada nesse mundo queria soltá-la. Queria aquele calor que me aconchegava, me acarinhava, para sempre. O barulho da porta de madeira se fechando na Casa do Desejo despertou-me do sonho. Afastamo-nos e, de mãos dadas, atravessamos a rua em direção à orla.

– Não vai me dizer seu nome?

Ficou quieta. Apontou para as pedras à margem da baía, segurou minhas mãos e saiu correndo. Acomodamo-nos numa pedra rochosa. Ela olhava para o céu, eu, para ela. A rocha úmida incomodava e esfriava minha bunda e a toda hora procurava posição melhor. O que é um pequeno incômodo quando se está no paraíso? Diante de seu silêncio, refiz a pergunta brincando com o tom de voz:

– Você tem horror a que lhe chamem pelo nome?

Ela riu. Esticou as pernas, arrumou a barra do vestido drapeado, ergueu os olhos para o céu e voltou-se para mim, sorrindo:

– Tigresa. Me chame de Tigresa – e jogou seu corpo sobre o meu, me abraçando e beijando. Lentamente deslizamos pela

1 Hilda Hilst. *Da poesia*. SP: Companhia das Letras, 2017, pág. 92.

pedra e caímos deitados na areia. A brisa fria de inverno nos aquecia.

Vestimos nossas roupas e nos encostamos na pedra, abraçados. Deitei minha cabeça sobre seu peito e adormeci. Ao acordar, acompanhava-me um bilhete:

"Antes do Ser
havia um homem
consciente
destruindo o lirismo
descuidado
das minhas madrugadas."[2]

De nada adiantou procurá-la. A cabeça tentando entender seu desaparecimento. Algo que eu disse, será? Uma palavra, um gesto, sei lá, uma bobagem qualquer e ela entendeu mal? Ou não gostou de transar comigo? Só queria um encontro ocasional, sem compromissos? Caramba, nada justificava aquele sumiço.

Naquela noite, o sono demorou a chegar e acordei irritado. Quando se está no pior da gente, tudo contribui... para piorar. Fiz a besteira de ligar o celular para ver as horas, cheguei tão deprimido e irritado na noite anterior que nem lembrei dele, e daí isso, notificações na telinha, todas de Ísis:

"Atende o telefooooone/ Por que você não quer falar comigo?/ Preciso falar com você, me ligue/ Só cai na caixa postal. Tá desligado?!/ Por que desligou o telefone?" Inúmeras mensagens. Repetitivas. Coloquei o celular na mesa de cabeceira e fui tomar

2 Hilda Hilst. *Idem*, pág. 30

café. Ainda era cedo, dez horas da manhã, e precisava insistir na procura. Em Paraty, a maioria das pessoas concentrava-se no Centro Histórico, uma área de pouco mais de 30 quadras, o que me dava esperanças. Era como procurar agulha no palheiro, mas no desespero da perda não via nem agulha, nem palheiro. E andava lépido, sem me importar com as pedras escorregadias, ainda que volta e meia escorregasse.

A ardência do sol começou a incomodar e resolvi procurar um restaurante, algum fora do Centro Histórico, região mais feinha, mais comercial, com suas casas e lojas malcuidadas. Menos atraente ao olhar do turista e, portanto, mais fácil de encontrar um lugar para comer em paz, sem vozerio misturado ao som da tevê. Aproveitaria a chance e responderia às mensagens de Ísis. Telefonar, como ela pedira, nem pensar.

Depois da Praça da Matriz, e de andar um bocado, encontrei um boteco. Os bares e restaurantes, exíguos, ofereciam um cardápio pouco variado, sem muita opção para um quase vegetariano como eu.

Bom foi andar. Minha mente começou a assentar, mas não a angústia da perda. As imagens de Tigresa ressurgiam em loop, intermitentes.

Sentei-me à mesa do restaurante, um salão amplo e despojado. À direita de quem entra, o balcão em formato de U com dois corredores paralelos e as mesas já prontas para servir, com pratos, talheres e acessórios, ocupando o espaço da entrada. Duas ou três pessoas comendo e nenhuma tevê ligada, ufa! Que alegria! Almoçaria em paz.

O cardápio era arroz, feijão, batata cozida e um acompanhamento, frito ou assado, que poderia ser peixe, carne vermelha ou frango. Escolhi o peixe, pedi uma cerveja e sentei-me na primeira mesa que encontrei, próxima ao balcão. Cerveja! Beberia cerveja! Ah, quanto tempo! Anos. Muitos anos.

Parei quando o bloqueio apareceu, a princípio leve, parecia preguiça depois virou dor de cabeça. A tela branca do computador ofuscava e ofuscava e ofuscava sem que aparecesse uma letra. A cabeça piorava. Pior era a bebida. Um golinho e pimba! Dor e mal-estar. Da última vez, tá certo, eu estava de porre, vomitei no notebook. Queimou todo. Aí também parei de beber. Escrever já não escrevia mesmo. A frase "escrever, não mais" virou mantra. Nada de criar. Só textos técnicos. Manual para consertar pneu furado, bula de remédio e por aí vai. Não reclamo. Nem posso. Saber escrever essas inutilidades me garante, ao menos garantia, o aluguel. "Ah! Mas que sujeito chato sou eu/ Que não acha nada engraçado/ Macaco praia, carro, jornal, tobogã/ Eu acho tudo isso um saco"[3].

Tudo mudou, depois que conheci Tigresa. Tá certo, fiquei apaixonado. Meu coração não batia, disparava só de pensar nela. Pensava o dia todo. Era mais que paixão. Ela devolveu minha força de vontade. Meu desejo de voltar a escrever. De voltar a ter tesão em escrever. Não. Não poderia ser minha musa. Vira-a uma vez, uma única noite, na mesma que meu espírito se embebera de criatividade e rompera o bloqueio longínquo que vivia. Ela abriu o baú trancado. Mil ideias, contos, novelas

3 "Ouro de tolo", de Raul Seixas. Álbum *Krig-há, Bandolo*, 1973.

e crônicas borbulharam em meu cérebro. Nada de inspiração, nem romantismo. Só narrativas cruas. Substantivadas. Sem adjetivos. Sem musas. Sem Tigresa. Todavia, ela estava em todas e não estava em nenhuma!

Levantei a mão e gritei para o jovem balconista que abria o freezer:

– Traz um Steinhaeger antes.

O telefone tocou. Era Ísis. Continuei bebendo. Vontade zero em atender. Coloquei o copo na mesa, hesitei, peguei o telefone:

– Boa tarde, Ísis. Que você quer? (...) Pelo amor de Deus, estava sem bateria e esqueci de carregar. Porra, não enche! (...) Tá. Tem razão. Desculpe a grosseria. É que não estou bem, só isso. Acordei mal-humorado. Acontecimentos intempestivos. Acontece com qualquer um (...) não. Não tem ninguém. Pelo menos por enquanto (...) Ísis, pelo amor de Deus, ciúmes não. Nem estamos juntos (...) tá. Não vou discutir isso agora. Noutra ocasião, se acontecer (...) O jantar de terça-feira? Não, melhor não. Vamos deixar para outro dia (...) Calma, Isis, não é nada disso! (...) tá, depois conversamos, minha comida está chegando, tchau!

Desliguei o telefone e olhei para o peixe que a mulher, a cozinheira do restaurante, colocava sobre a mesa:

– Senhora, desculpe, mas eu pedi peixe assado. Esse está frito!

Ela esfregou as mãos no avental, olhou para o prato, olhou para mim, ergueu as sobrancelhas em sinal de surpresa e disse:

– Ué?! Esse peixe é assado. Assado no óleo.

Quase me engasguei. Ela estava me gozando, tinha certeza. Engoli a cerveja e, irritado, comecei uma discussão infrutífera. Para não berrar, controlei meu tom de voz. Foi difícil, mas consegui. De nada adiantou. Para ela, não havia diferença entre os verbos cozer, assar e fritar. Insisti. Ela também. Bebi o restante que estava no copo, coloquei-o sobre a mesa e pedi que ela me trouxesse outra cerveja.

Depois da primeira garfada no peixe, crocante e apimentado, uma delícia, apesar de frito, não assado, quando o telefone vibrou sobre a mesa, à minha frente. Ísis, de novo! Que ela poderia querer agora?

– Alô (...) Claro que sei, Ísis. O celular identifica... (...) não, Ísis, só estou irritado (...) é. Mas passa. Que você quer? Ligue-me daqui a pouco, estou terminando o almoço. (...) Ah, me faz um favor. Não consigo digitar nesse tecladinho de merda do celular. Pesquise para mim a palavra flipar. (...) É. Flipar. Duas moças conversavam ontem e usaram flip como verbo. Tem algo a ver com surfe, sei lá. Pesquise para mim (...) tá. Obrigado. Ligo depois do almoço.

A cerveja ainda não chegara. Gritei para o balconista que demorou para entender o que eu falava. Demorou pouco menos para levar a cerveja até a mesa e ouvir, indiferente, minhas reclamações. Reclamei do peixe frito. Da demora em servir o prato, quase meia hora de espera. Da velha analfabeta que esqueceu da cerveja. Minha voz oscilava e não poucas vezes chegou ao limite do grito. O rapaz, jovem, com uma touca de proteção desgastada, uma camiseta velha com o logotipo do restaurante e uma cara de sonso, só ouvia. Tirando aquele sorrisinho sem graça, suas expressões permaneciam inalteradas. Quando terminei de falar, ele abaixou a cabeça, pediu desculpas e se retirou.

Acomodei-me na mesa e voltei a comer. O peixe estava frio, o arroz gelado. Afastei o prato, me servi de cerveja e recostei-me na cadeira plástica do restaurante. O telefone voltou a vibrar.

– O que é, Ísis? Disse que te ligaria quando terminasse de almoçar! (...) desculpe. É. Continuo irritado sim. (...) Flipar? (...) Ah, claro. Lembrei. Você achou? Existe mesmo? (...) enlouquecer? Pirar? Viajar no sentido psicodélico? Caramba! Não imaginava. É. Usado como verbo. (...) não tá no Aurélio?! (...) Só na internet. Entendi. Obrigado. (...) É sério?! (...) de jeito nenhum. Combinado foi que passaria as informações para um de seus funcionários. Foi o que combinamos. E você (...) deixa eu falar! Morávamos juntos quando deixei de escrever. Não será agora... (...) O cara está doente? Porra! Contrate outro (...) não, Ísis. Não sou jornalista. Sou formado em Letras. Sei fazer crítica literária, quando muito e olhe lá. (...) não precisa ser jornalista, não sou burro, cacete! É difícil transformar um nada, uma coisica da paisagem, em crônica. Continuo com minhas inutilidades, texto publicitário, bula de remédio (...) E quem disse que é poesia? (...) Ísis, quem está me colocando numa situação difícil é você, por favor... (...) imagine. Não te mandarão embora só porque a coluna não saiu dois ou três dias. (...) quem está puxando seu tapete? (...) brincou! Era sua amiga, agora vai te ferrar, tomar seu lugar? (...) nesse caso topo. Tem uma grana a mais? (...) Só? Porra, é um pouco mais que nada! (...) Só tem um detalhe, não escreverei mais do que trinta linhas, tá?! (...) consideremos que retribuo seu favor, me contratou na hora que mais precisava. Estamos quites. (...) Depois que chegar em São Paulo, combinamos. Assim é melhor (...) Claro, vou te ver. Não é isso. Só não quero decidir agora. (...) Quer parar de me fazer essa pergunta? Você tem sua vida, eu a minha. Não fico te perguntando se você tem namorado ou algo parecido (...) Ísis, por que está chorando? Pelo amor de Deus (...) Melhor nos falarmos mais tarde. A hora que estiver mais calma.

Final de tarde. Seria inútil refazer o percurso do dia anterior, junto com Tigresa. Já o fizera três vezes. Se andasse por outros lugares, teria sorte? Resolvi atravessar a ponte sobre o Rio Perequê-Açú e conhecer o que alguns chamavam de Flip Alternativa, editoras independentes associadas como casas parceiras do evento. Peguei a rua da Cadeia que daria direto lá, além do que, passaria no Prosa, o bar que serve a tal do Jorge Amado, e a experimentaria, mas sem Tigresa não teria graça.

O fluxo era tão intenso quanto do outro lado e, para fugir do burburinho, preferi a calçada, menos movimentada, à margem do rio. Duzentos metros depois da ponte me deparei com um barco todo pintado de amarelo e a caixa do motor transformada em estande de livros. Naquele momento, fim de tarde, o barco estava vazio, mas a programação patrocinada pela editora independente, Laranja Original, prometia. Estava programado para o dia seguinte um sarau erótico que não perderia por nada. Mais à frente, um aglomerado de pessoas impedia a passagem pela calçada. Estavam atentos a uma mulher que comparava a figura do *Drácula*, *Vlad*, *o Empalador*, nobre romeno do século XV, à figura do burguês capitalista. Ouvi a frase casualmente, pois estava mais preocupado em sair dali. Mas, quando ouvi, congelei. Santo Deus! Como uma pessoa fala uma asneira dessa? Conhece história não? Santa ignorância, Marx! O sangue ferveu, senti meu rosto esquentar e uma vontade enorme de, aos gritos, contestar o absurdo. Não, melhor não. Sabe-se lá qual o contexto em que falou! E se entendi errado? É. Melhor ficar quieto.

Saí do meio daquela gentarada e caminhei, mais calmo, até a Praia do Pontal. Anoitecera. No céu, a lua cheia nos lembrava que no dia seguinte encontraria o sol. Como seria bom acompanhar a eclipse junto com Tigresa, naquelas praias, naquele cenário colonial em festa. Parei num tronco, sentei e acendi um cigarro. O cenário iluminado ganhava um ar romântico, pouco compatível com meu estado de espírito. Com uma paisagem dessas, ser romântico é redundância, pensei. O telefone vibrou. Na tela, a notificação:

– Tá com saudades de mim?

Tive vontade de jogar o telefone no mar. Desliguei. Pronto. Agora estou inacessível.

A brisa tornara-se mais fresca. Encolhi os ombros, fechei o zíper do casaco e voltei para a pousada.

Mais uma noite maldormida. Tigresa não me saía da cabeça. O corpo febril, o peito apertado e o coração dilacerado. Na intermitência do sono, os sonhos e pesadelos. Seu vestido drapeado balançando ao vento. Seus cabelos ondulantes. Tigresa foge de mim, lhe corro atrás. Quero sentir seu corpo, seu calor. Estou prestes a alcançá-la, aumento a velocidade, estou perto, estico o braço, acelero o passo e toco-a. Tigresa desaparece. Acordo em lágrimas e passo o dia sentindo-me um trapo.

Olheiras fundas, parecidas com os óculos do Spirit, detetive dos quadrinhos criado pelo Will Eisner. E os olhos? Semicerrados. Vermelhos. Parecia ter fumado maconha. No espelho, minha cara ressacada. Deveria estar transparente porque, no final da tarde, quando fui tomar um lanche, a mocinha que me atendeu na lanchonete, tadinha, simpática de dar dó, teve a infeliz ideia de me perguntar se eu estava bem. Na hora não, mas depois fiquei com pena dela. Não merecia minha resposta:

– Que *tinteressa* saber? Nem te conheço – rabujei.

Ela fez um beicinho xoxo, colocou o prato sobre o balcão e saiu.

Enquanto me perdia em busca dos endereços das Casas Parceiras para assistir a este ou aquele evento, Ísis insistia em suas mensagens e tentativas frustradas de falar comigo. Perder-me pela cidade era motivo de prazer, ver e ouvir aquelas pessoas contando histórias e lendas, e esperança, esperança máxima, encontrar Tigresa. Chatas eram as tentativas de Ísis em falar comigo. Queria era ficar quieto, apreciando a festa da cidade e procurar, procurar e procurar Tigresa.

Dois eventos naquele dia distraíram minha atenção. Um foi à tarde quando assisti à mesa com a francesa Leila Slimani. Antes de saber de sua participação na Flip, havia comprado, por indicação de um amigo, seu livro lançado aqui no Brasil, *Canção de Ninar*. Fiquei impressionado. A construção de personagens e as amarrações que faz são incríveis. Verdadeira arquiteta literária. Ouvi-la foi um presente dos deuses. Só uma outra escritora havia me fascinado tanto, a indiana, Gita Mehta. O entusiasmo inspirou-me uma crônica que escreveria assim que chegasse à pousada e, tinha certeza, até extrapolaria o número de linhas combinado.

O segundo foi frustrante. *Lula Livre Lula Livro*, uma antologia, tipo manifesto, de poetas, escritores e artistas, seria lançado naquela noite e eu estava interessado na obra literária tornada documento histórico. Marcelino Freire, editor junto com Ademir Assunção, seria o mestre de cerimônia. Seria porque, antes da festa, roubaram os livros que deveriam estar, naquele momento, à venda.

Nem livros, nem Marcelino Freire chegaram. No dia seguinte, sábado, o poeta viria com os que conseguisse. Não os colocou à venda. Jogou-os ao público presente. Foi uma festa. Quanto aos larápios, fiquei pensando: o que fariam com um produto difícil, de pouco valor? Ladrão que é ladrão, profissa, não rouba livros.

Não, não queria chegar naquela noite na pousada, me deitar, ficar pensando, me torturando, vendo as sombras tênues de Tigresa. Continuaria lembrando de seu rosto, seu corpo, cada detalhe daqui alguns anos? Esquecê-la era uma ideia amedrontadora. Perdê-la, nem pensar. O desejo era mantê-la, nem que fosse por um fio, na memória. No meu corpo. Na minha pele. Mas queria parar de sofrer. Não aguentava mais essa pressão no peito. Essa angústia. Precisava encontrar Tigresa.

A esmo, andei por várias horas, distanciando-me do Centro Histórico. Meus passos eram rápidos, em ritmo de exercício, apesar das pedras irregulares, na esperança de cansar o corpo e apaziguar a mente. Mais de uma hora depois, esbaforido, sentei ao balcão de um boteco. Pedi uma cachaça. O velho, dono do bar, ofereceu-me Gabriela. Gostei. Antes de Jorge Amado, conheceria o sabor do cravo e canela de Gabriela, a aguardente usada para a batida.

Provei e gostei. Não ficaria nessa única dose e a chance de ficar bêbado era grande. Como profissional competente que me considero, precisava manter a pose, gravei no celular a crônica que mandaria para Isis. Mesmo alterado pela bebida, conseguiria transcrever. Ouvi a gravação, hum, texto amoroso, bom. Vou intitular *Arquiteta da Linguagem.* Gostei do título. Bêbado feito um gambá, não sei quantas doses bebi, nem quanto paguei por elas, sei que cheguei na pousada horas depois, madrugada alta, ruas quase desertas, mas ainda com movimento, não tão pequeno para o horário.

Ressacado, acordei com o telefone em desespero. Deveria ter olhado quem era antes de atender. Chatice! Ísis, logo cedo e depois de uma noite maldormida!

– Oi... (...) nem escutei (...) estava no silencioso (...) Isis, não enche. Notificação de mensagem no meu celular não funciona. (...) Não, não me interessa aprender. (...) Pelo amor de Deus, de novo essa pergunta? (...) Por que quer saber, Ísis? Que diferença faz se tenho alguém ou não. Não estamos juntos há mais de dois anos. (...) Não sei se você pode ter esperança. Não sei se quero morar seja lá com quem for. (...) Nos separamos por outras razões, não por causa do seu amante. Nem tinha conhecimento de sua existência (...) já faz muito tempo e não quero mais falar sobre isso (...) claro que tem a ver com você. E comigo. A gente brochou. (...) Você insiste que tenho outra (...) até poderia ser... (...) pirou? Não disse que estou com alguém. Você entendeu errado (...) vem aqui, só para checar? (...) Ísis, bote a cabeça no lugar... alô? Ísis, tá me ouvindo? O sinal deve ter caído, falei antes de desligar.

Ah, se ela soubesse que o que caiu foi minha paciência em aguentar aquela conversa maluca. Se diz uma coisa, ela transforma em outra. Só falta aparecer por aqui e estragar minha solidão. Até que seria uma boa, não?! Não, não. Assumir compromisso nem pensar. Se vier, no máximo uma ou duas transas. Nada mais. Depois, cada um por si. Ela voltou a ligar inúmeras vezes. Atendi nenhuma. Minha cabeça estava era focada em procurar e encontrar Tigresa. Mas como? Tinha apenas imagens na memória. Nenhuma selfie, registro, pista. Nada. Nadica.

Que mistério tem essa menina, delicada, sensual? Que cola no coração da gente e não desgruda? Imagem morena. Cabelos esvoaçantes. Vestido deslizando pelo pedestal. Seu jeito de ser quase ninguém. Um dia os papéis desta lembrança se apagarão pelo tempo? Que mistério você tem, menina?

E perambulei os mesmos trajetos inúmeras vezes. Passei pela padaria, pela lanchonete, em frente à Casa do Desejo, fumava um ou dois cigarros ali, na expectativa de revê-la. Sentei-me na mesma rocha da praia onde transamos e me tornei um maior abandonado.

Exaurido, ocupei uma das poucas cadeiras vazias de uma tenda, onde o público aguardava o início da próxima mesa. Foi o momento feliz do dia. A escritora russa, Liudmila Petruchévskaia, divertia a plateia. Com oitenta anos de idade, e um dos grandes nomes da literatura de seu país, passou a maior parte de sua vida censurada pelas autoridades soviéticas.

Ao convite da moderadora para sentar-se, a velhinha preferiu ficar em pé. O intérprete era seu filho que vive no Brasil há muito. Quando o filho traduziu o subtítulo de seu primeiro livro para o português, ela protestou, "não, não. Isso não está no meu livro". Com seu figurino dark, vestido longo, preto e chapéu meio bicudo, lembrando as bruxas medievais, revelou-se uma performer. Já consagrada escritora, resolveu começar carreira nova e, aos 69 anos, começou a cantar. Terminada a entrevista, fez um pequeno show musical e interpretou em russo, inglês e francês alguns sucessos pop, "Besame Mucho", "My Way", dentre outros.

Fiquei tão apaixonado que queria abraçar a velhinha. Não fosse imensa a fila, pediria um autógrafo e tiraria uma selfie. Essa mulher merecia. Terminada a mesa, permaneci um tempo sentado, lembrando suas palavras que, de algum modo, me emocionaram. Algumas indiscretas lágrimas deslizaram. Esperei-as secar e fui tomar um café no quiosque ao lado da tenda.

Fui até a famosa Casa do Abacaxi, instruído pelo vendedor de cocadas. Fui não, tentei. Me perdi pelo caminho. Sentia esse desnorteamento desde que cheguei. Achava que era por desatenção, por não conhecer a cidade, mas alguém contou que elas eram planejadas para desorientar as pessoas. Era uma estratégia de defesa contra a pirataria ou imaginação dos nativos cheios de histórias?

A verdade é que naquelas ruas curvilíneas me perdia fácil, mesmo quando acreditava estar seguindo direitinho as indicações. Daquela vez não foi diferente. No lugar da Casa do Abacaxi encontrei, num cruzamento, três imóveis que me chamaram a atenção. Aquelas construções confirmavam o que ouvira falar sobre a influência maçônica na cidade. Em cada um dos sobrados, um em cada esquina, havia uma coluna de pedras que, com as outras, formava um triângulo perfeito, um dos símbolos da maçonaria. Por isso, parei, intrigado. Vira o mesmo tipo de coisa em outras ruas, ali mesmo no Centro Histórico, mas não atentei para a quantidade de cruzamentos com essa formação triangular. O celular tocou. Estranho, uma mensagem enorme da Ísis no celular?! Ela nunca faz isso, sempre escreve mensagens curtas.

"Sua crônica criou alguns problemas aqui na equipe. Foi devolvida pela supervisora pedindo para reescrever — mas não se preocupe, já reescrevi — porque foge um pouco da linha editorial, sabe?! Concordo com ela. A quem interessa a habilidade literária da escritora francesa senão para poucos? O que ela viveu, sim, interessa. Os sufocos pelos quais passou. As violências que sofreu como mulher, como imigrante. O machismo lá na França. Isso interessa. Mas você, só para contrariar, se mostrar rebelde, rebeldinho, escreve crítica literária sem graça. Por favor, se manca. Te amo mesmo assim. Beijos."

Essa mulher está procurando chifre na cabeça de cavalo. Linha editorial! Só se for a do dinheiro. Aí sim, tem linha. O fio de Ariadne que leva direto ao cofre do anunciante. Se não gostaram dessa, imagine quando lerem a outra. Foda-se! Pagam pouco para me preocupar com esse tipo de crítica.

Coloquei o celular no bolso e voltei a prestar atenção nas colunas de pedra dispostas em triângulo. Observei as casas, nada modestas para o padrão colonial da época, algumas com símbolos nos azulejos cimentados na parede branca, como totens. Para apreciar melhor, ergui os braços, encostei um polegar no outro e, através dessa tela imaginária, comecei a apreciar os detalhes quando me taparam os olhos. Dei um salto, um pequeno susto, é verdade, que logo se dissipou com a delicadeza do toque. O coração disparado. Esbocei um sorriso. Seria ela? Fiquei em silêncio, tremendo por dentro, com o aconchego de seus dedos sobre meu rosto. Peguei sua mão, alisei-a e, sem afastá-las, arrisquei um:

– Tigresa?!

Ouvi sua risada. Com o coração a mil, tirei lentamente sua mão de meu rosto e virei-me sentindo sua proximidade. Novo tremor percorreu-me o corpo. Subiu pelas pernas, coxas, quadril, peito. Levitei. Nos enlaçamos.

Demoramos para nos afastar. Perdi a noção do tempo. Tinha perguntas, muitas perguntas a fazer, mas, hipnotizado, só conseguia sorrir. Tigresa não deu tempo para recuperar-me:

– Vamos beber Jorge Amado?

No trajeto até o bar, manteve-se alegre, porém calada. Qualquer pergunta que fizesse, ela sorria, apenas sorria. Parei com as perguntas. Afinal, que direito tinha eu? A vida era dela e pronto. Acabei falando de meu encanto pela escritora e cantora, a velhinha russa, Petruchévskaia; de minha crônica sobre a francesa Leila Slimani e a porrada que levei de Ísis, a editora. Tigresa ouvia com atenção. Só ouvia. E eu destampei a torneira da Emília. Falei aos borbotões.

No bar me entusiasmei com a batida. Parecia refresco e exagerei na dose. Tigresa chegou a alertar-me, “cuidado, ela sobe”, mas não a levei em conta.

Na mesa ao lado, um jovem falava a um velho de cabelos brancos das dificuldades em se manter um periódico impresso, dedicado à literatura. O jovem tirou da mochila um exemplar. Admirado pelo pouco que ouvi da conversa, comentei com Tigresa o quanto achava belo e heroico um esforço desse. Ela concordou. Para minha surpresa, me contou que o conhecia de vista, desde a época em que criara o jornal, há sete anos. O nome dele era Daniel Zanella e era vizinho da tia, em Araucária, perto de Curitiba. A tia gostava dele e do jornal RelevO. Assinava, lia e se recusava, mesmo conhecendo o editor, a pedir exemplar de graça. Sabia que ele dependia de assinantes e não aceitava dinheiro público, nem ajuda de políticos. Só de assinantes.

– Uau! Num país como o nosso, isso é raridade! –comentei, antes de levantar-me para ir ao banheiro e as pernas bambearem. Bebera quatro doses de Jorge Amado sem lhes perceber os efeitos. Voltei, sugeri à Tigresa que fossemos passear pela praia e, bamboleando, apoiado em seu ombro, caminhamos. Ao atravessarmos a ponte do Rio Perequê-Açú, lembrei-me de um sarau erótico que aconteceria às suas margens. Lembrava também ter visto o barco ancorado bem próximo da ponte e, como tínhamos tempo, resolvemos passear pela rua que margeia o rio.

Perto do horário, atravessamos a rua em direção ao cais, onde o barco deveria estar. Não o achamos. A irritação começou a tomar conta. No dia anterior ele estava bem ali, a uns cem metros do barco pirata, o Flipei, e agora não tem nada, só o pirata. Minha irritação, com o sorriso dengoso de Tigresa, não durou nada. Sentamos num banco e ela pediu-me o programa. Consultou o índice, abriu a página, leu e começou a rir:

– Esse sarau aconteceu ontem.

Também ri. Caramba, além de desnortear-me pelo Centro Histórico, agora confundo as datas! Ficamos sentados naquele banco um tempão. O efeito Jorge Amado havia diminuído e sentia-me capaz de uma boa caminhada. Fomos até a praia do Pontal e nos sentamos à beira do cais, apreciando os reflexos da lua cheia.

Quando ela me perguntou se tinha visto o eclipse, fiquei meio constrangido, sentindo um pouco de vergonha. Como lhe explicar que nem lembrei. Estava obcecado por demais em encontrá-la. Agora a musa estava ali, sentada ao meu lado, me abraçando. Presente dos deuses. Tudo nela era perfeito. Seus cabelos ondulantes davam um toque ainda mais especial ao seu rosto delicado. Os olhos azuis claros ganhavam mais vivacidade sob os traços sutis das sobrancelhas. O pescoço alongado. Os lábios esbanjando sensualidade tropical. Uma deusa. A perfeição, bem aqui, colada a mim.

O celular vibrou em meu bolso. Merda, esqueci de desligar. Tirei-o. Duas notificações, ambas de Isis. Uma, reclamando que não atendia ao telefone, a outra, informando que chegaria no dia seguinte para discutir a merda que eu tinha escrito sobre a escritora russa.

A adrenalina subiu. O rosto esquentou. Contraiu-se. Ergui os ombros e respirei fundo. Desviei meus olhos para Tigresa. Certamente, minha reação não lhe passou desapercebida, mas ela limitou-se a me olhar, esboçar um sorriso doce e voltar-se para a lua cheia. Com aquele vestido, quase branco, quase transparente, assemelhava-se a uma divindade. Para mim, a perfeição, a beleza suprema. E estava ali, do meu lado. Perdê-la, jamais. Desceria aos infernos à sua procura.

Inferno mesmo será quando Ísis chegar. Ficará possessa, se bem a conheço. Pensar que estávamos sem contato há mais de dois anos! E que direi a Tigresa? Que ela é a editora, minha chefe, tudo bem, ela já sabia. Depois, não tinha nada a ver. Isis ofereceu-me trabalho. Veio em boa hora. Aí começou a telefonar e mandar mensagens. Insistentes. Queria se casar. Nem era namoro. Era morar junto, embaixo do mesmo teto, dividindo a mesma cama e tendo as mesmas brigas.

Não. Isso eu não queria mais. Uma pessoa é finíssima, educada, até compartilhar a casa. Nossos santos não batiam. A merda é que jamais falei isso para ela. Nunca lhe apontei os problemas que ela me criava com seus pequenos desejos. Para os atender, tinha que viver um conto de fadas e, feito príncipe encantado, servir à princesa. Não consegui ser príncipe e tornei-me cavaleiro.

A relação se complicou, mas nunca abri o jogo. Deixava rolar e ela, diante de meu silêncio, se enervava ainda mais. Avermelhava-se e dava pulinhos enquanto vociferava. Eita coisa difícil! Agora ela quer voltar. Foda-se. Os dados estavam lançados. Caso ela viesse, torcia para que não acontecesse, daria um jeito de manter Tigresa distante. Contaria das tentativas de aproximação de Ísis em outro momento, agora gozaria das delícias do paraíso e esqueceria que é solitário viver.

Dessa vez Tigresa não fugiu. Transamos na praia. Cochilamos. Transamos de novo. Depois fomos para a pousada. Riu quando reclamei da falta de janelas e mostrou-me o lado bom, os hóspedes não ouviriam os ais do casal. Eu ri, tomamos banho e transamos até dormir saciados.

Pela primeira vez, desde que chegara em Paraty, tive um sono restaurador. Sem sonhos, sem pesadelos. Sem nada. Apenas dormi. Acordei em alfa. Espreguicei-me. Sentei-me na beira da cama sem fazer movimentos bruscos, não queria acordar minha musa, a beleza em estado puro. No celular, nenhuma notificação de mensagem, nenhum alerta de chamada perdida, nada. Achei ótimo. Pena não ter uma dizendo que Isis desistira da viagem.

Durante o café da manhã, conhecemos um casal de baianos. Ele, poeta, contou-nos, num relato divertido, um pouco de suas aventuras pelos caminhos de Santiago de Compostela que virou livro de poesia. Convidou-nos a visitá-los em Salvador.

Aproveitei a deixa e perguntei a Tigresa se ela topava, na expectativa de a resposta ser positiva. Sim, um único sim, dar-me-ia a certeza de tê-la como companheira, amante, esposa, sei lá. Estaríamos juntos! Um simples sim, simples assim, me tornaria o homem mais feliz da terra. Sensação babaca, eu sei, mas, naquele momento, puxa, naquele momento era o que queria, continuar no paraíso, continuar babaca, apaixonado. Mas ilusão dura pouco. Tigresa não respondeu. Apenas sorriu. Um sorriso de nem sim, nem não. Mais para não, o que me entristecia.

O poeta, percebendo minha frustração, tentou me ajudar voltando a falar de seu percurso iniciático e das descobertas que fez ao viver novos desafios, pisando em solos desconhecidos. "Tá tudo lá no meu livro", disse no seu jeito baiano de ser. Aproveitei a deixa e fiz-lhe perguntas sobre o livro, tipo de poesia, essas coisas, não porque estivesse de fato interessado, mas sim porque era a única maneira de sair daquele constrangimento. Estava frustrado, triste, desolado e tudo por causa de uma pergunta estúpida. De um desejo. Que idiota!

À tarde, sentamo-nos confortáveis na tenda da Flip. O movimento reduzira-se drasticamente no último dia. Até então faltavam cadeiras para tanta gente. Muitos acompanhavam a projeção desde a praça, em frente, de pé. Agora sobravam lugares. Das mesas que assisti, naquele domingo, o mais estarrecedor foi ouvir da atriz Iara Jamra que o monólogo teatral *O Caderno Rosa de Lori Lamby*, de Hilda Hilst, causa mais estranhamento hoje, mais rejeição moral, que nos anos 1990, quando foi encenado pela primeira vez. Tema, aliás, que permeou boa parte de minha conversa com Tigresa enquanto caminhávamos.

Na Casa do Desejo, o ambiente também era de fim de festa. O movimento agora era de desmontagem. O pessoal corria de um lado para o outro encaixotando livros, desmontando estandes. Alguns curiosos circulavam no meio da bagunça, sem, contudo, atrapalhar o movimento febril, mas discreto do pessoal. Sem nada a fazer, preferimos nos sentar na mureta em frente. Acendi um cigarro e, meio acanhado, aproximei-me do rosto de Tigresa, olhei-a nos olhos e disse:

– Me perdoe se insisto, mas preciso saber... Quem é você? Nos conhecemos há quatro dias. A gente transou. Transa. Se gosta. Isto é, eu gosto de você. Te amo. Sei lá. Não sei nem como dizer isso. Só sei que não quero te perder e até agora nada sei de você. Nem sei seu nome!

Ela pegou o cigarro de minha mão, deu uma baforada, devolveu-me e começou a rodopiar e cantar uma estranha melodia:

"Talvez eu seja
O sonho de mim mesma.
Criatura ninguém
Espelhismo de outra
Tão em sigilo e extrema
Tão sem medida
Densa e clandestina"[4]

Depois, aproximou-se, deu-me um longo e delicioso beijo de língua, que me levou às nuvens, e saiu:

Puxei-a pelo braço:

– Vamos comer um lanche?

– *Tincontro* lá.

Fui até o carrinho de salgados e guloseimas na calçada do museu, uma antiga igreja. Examinei os salgados, pastéis e empadas de frango e carne, doces feitos com nozes e passas. Para ganhar tempo, esperando por Tigresa, fazia perguntas de todos os tipos ao casal que, uniformizado, respondia com a cortesia aprendida no curso de treinamento da empresa. Tigresa não chegava. Estava para desistir e ir em sua busca quando vedaram meus olhos. Levei um susto, mas dessa vez a reação foi rápida. Assim que aquelas mãos tocaram meu rosto, soube que não eram de Tigresa, ainda que fossem mãos de mulher. Segurei-as firme, afastei-as e me virei. Era Isis.

4 Hilda Hilst. *Ibidem*. pág. 386.

– Que... que... vo... vo... cê tá fazendo aqui?!

– Ué, não falei que viria? Tô aqui. Não está contente em me ver?

Ela me abraçou, tentou me dar um beijo na boca, desviei. Beijou-me o rosto. Santo Deus! Que situação! O que eu faria se Tigresa aparecesse? Talvez se abalasse um pouco, mas entenderia. E Isis? Esta faria um escarcéu. Dos grandes. Sabia que ela estava ali para me vigiar, para ter certeza de que não arrumara outra. E a gente nem é casado, nem nada. Cacete! Que mulher chata. Como posso me livrar dela? E não parou de falar, animada.

Estava ali, em viagem de negócios, para tratar de uma futura parceria com os organizadores da Flip, evento que cresce a cada ano e a chance de se ganhar dinheiro aumenta. Negócio excelente, dizia animada enquanto minha atenção estava voltada para a Casa do Desejo, na esperança de que Tigresa, a essa altura, não aparecesse. Depois, mudou o tom da conversa. Acariciou meu rosto, fez cara de Madalena arrependida e disse lamuriosa;

– Temos tanto a conversar, benzinho – parou por aí, afastou-se e, mudando o tom, disse com voz firme, voz de executiva – Vou até o auditório central ver o horário da entrevista com a curadora e volto já. Onde te encontro? – e sem me dar tempo de responder, continuou – Espere aqui. Não demoro mais que dez minutos – e saiu.

Respirei aliviado. Agora era procurar Tigresa e dar o fora dali o mais rápido possível. Dobrei a rua em direção à Casa do Desejo, quase correndo.

Tigresa estava sentada à porta, conversando com uma jovem. Meio ofegante, preocupado, sugeri que saíssemos. Ela estranhou a pressa, pediu-me que sentasse e aguardasse o fim da conversa. Sem demonstrar minha contrariedade, sentei-me e mantive-me atento, receando que Isis aparecesse a qualquer momento. Terminada a conversa, Tigresa sugeriu que fossemos comer aquele lanche a que eu a convidara. Fiquei indeciso. Demorei a responder. Perguntou se tinha perdido a fome. Hesitei. Não estava com fome, mas sua companhia valia qualquer sacrifício e sugeri que escolhêssemos um lugar melhor para lanchar. Não. Ela queria experimentar os salgadinhos daquele quiosque lá do museu. Tinham lhe falado que valia a pena. Sem alternativa e com o cu na mão, topei a parada. Pouco antes de chegarmos, Tigresa sussurrou-me no ouvido:

"O melhor é não ver
O aço que cerceia.
E inútil sonhar
Que desfazendo o fio
Da tua teia
Há de ser livre o andar"[5]

Alguém a chamou antes de chegarmos ao quiosque. Ela pediu que eu fosse à frente. Não me importei, apesar de preocupado pela possibilidade de Isis aparecer a qualquer momento. Olhava ansioso em redor. Tigresa estava demorando. Pensei em comprar dois salgados de frango – ela come frango? –, suco de

5 Hilda Hilst. *Ibidem*. pág. 107

laranja e embalar para viagem. Assim, poderíamos comer e, ao mesmo tempo, cair fora dali. Andar na orla. Sentir a maresia e, principalmente, estar distante do perigo.

Esperei mais alguns minutos. Tigresa não aparecia. Fiz o pedido, paguei e saí em sua procura. A Casa do Desejo estava às moscas, quase ninguém. A desmontagem estava prestes a terminar e as duas pessoas que vira conversando com Tigresa haviam ido embora. De Tigresa, nem sinal. Sentei-me na mureta em frente. Coloquei a embalagem do meu lado e acendi um cigarro. A todo momento, olhava em volta, esperançoso. Com poucos carros estacionados, nenhum trânsito, um ou outro turista, não haveria como ela desaparecer sem que eu visse. Meu peito começou a se comprimir, a respiração a ficar curta, o suor a escorrer. Um jovem passa, de bicicleta, ouvindo uma música em volume alto:

"Esqueceeeeer não, me perder não
Estrela, ê, na praça negra da selva
Gota de luz sobre a relva
Meu bem querer
Lua Sol, ê, centro do meu pensamento
Meu canto dentro do vento
Busca você"[6]

Um cutucão em meu ombro trouxe-me de volta à realidade. Isis, de novo! Ela sentou-se ao meu lado, pegou a embalagem, abriu-a:

6 Caetano Veloso. "Gema". Álbum *Outras Palavras*, 1981.

– Hummm. Você é um anjo. Comprou um lanchinho para mim – pegou uma empada, deu uma mordida, mastigou e exclamou – e de frango! Do jeito que gosto, sem requeijão – e continuou comendo.

Eu queria morrer.

Isis abriu a garrafa do suco e, entre um gole e outro, começou a falar animada da realização de seu sonho, o de ser jornalista e ocupar um cargo. Achei o papo meio fora de contexto e demorei para desconfiar da já conhecida estratégia. Vivenciara-a inúmeras vezes. O tom de voz mudou, tornou-se íntimo, depois lamurioso, choroso. Confessou seu arrependimento por ter nos separado, que eu era o único a compreendê-la, que não poderia viver sem mim e por aí vai.

Foi a primeira vez que aquela voz melosa me incomodou. Porra, não tinha nada a ver com aquela mulher. Moramos juntos. Tempos infernais. Não sei como nos aguentávamos. Devia ser o sexo. Era muito bom. E agora ela vem com esse papo? Resolvi dar um basta. Confessei que encontrara outra pessoa, que estava apaixonado e que nossa relação havia acabado há muito tempo, sem chance de retorno.

A histeria tomou conta de sua voz:

– Você não pode fazer isso comigo, você é meu. Corto seu pinto, seu filho da puta. Traidor.

Por sorte, as poucas pessoas presentes estavam distantes, ocupadas na desmontagem da Casa, sem chance de ouvir a baixaria. No auge do nervosismo, Isis exigia que eu lhe apresentasse Tigresa. Porra, devo ser um covarde mesmo. Não é que acabei recuando? Claro, me justifiquei com a desculpa de tentar arrefecer sua língua ferina e acabei falando, sem pensar:

– Não se preocupe, logo ela aparece. Deve estar por aí

– Como, deve estar por aí? O machão não sabe onde anda a mulherzinha não, é?

Fiquei quieto um bocado de tempo. Ísis se aproximou, mais calma e colocou sua mão em meus ombros. Cacete! Essa mulher mexe comigo. Seus dedos me aconchegaram e Ísis, feito detetive, enredou-me e acabei contando que a havia perdido, que ela havia sumido, sei lá. Acabei falando do desaparecimento misterioso de Tigresa, mas, para não deixar nenhuma sombra de dúvida, reiterei minha paixão e minha esperança em reencontrá-la. Desceria aos infernos, se preciso fosse. Terminei de falar. Ísis mexeu a cabeça como se me dissesse, "pobre coitado, tá maluco", levantou-se, olhou-me no rosto e falou-me entre risos:

– Cara, você flipou! – e saiu sem olhar para trás. Deu três ou quatro passos, parou, virou-se e gritou:

– Sua crônica é uma merda!

O RITUAL

Um vilarejo no alto de uma montanha, nas cordilheiras dos Cárpatos, congrega uma pequena população que vive basicamente da agricultura e da criação de ovelhas. Suas casas concentram-se num platô, exceto uma, mais acima e perto de uma igreja, que, segundo os habitantes, era residência dos padres.

Diariamente, e antes de raiar o sol, os montanheses participam da missa num costume que se estende por séculos. A poucos metros da entrada, uma enorme cruz se interpõe entre os devotos que, um a um, param em sua frente, chacoalham todo o corpo e entram na igreja. Foi este ritual que chamou a atenção de Tiago Fontes, um antropólogo dedicado ao estudo de religiões. Ao tomar contato com alguns poucos artigos que tratavam do assunto, ficou curioso e, ao mesmo tempo, insatisfeito.

Alguns autores diziam que o ritual teria nascido de uma antiga prática pagã e sido assimilada pelos padres na tentativa de converter os montanheses à sua fé. Outros diziam que o ato de chacoalhar foi introduzido por imigrantes indianos que acreditavam na incorporação de espíritos e acabou integrado à liturgia local.

Tiago não se convenceu. Viajou ao Vaticano, consultou tudo o que foi possível sobre a região e sua prática exótica; conversou com autoridades eclesiásticas, mas, para sua surpresa, eles a desconheciam. Se quisesse mais informações, teria mesmo que ir às fontes primárias, visitar o local, conversar com os habitantes e tentar decifrar o enigma. Afinal, caramba, ele era ou não um pesquisador? E pesquisador tem que ir direto à fonte!

Ao chegar, Tiago foi recebido com pompa e curiosidade. Acostumados ao isolamento, era raro os montanheses receberem visitas e, mais raro ainda, a de um antropólogo. Diante da dificuldade em explicar qual era seu objeto de estudo, e sentindo-se um pouco constrangido, escondeu suas reais intenções e esclareceu que viveria algum tempo no vilarejo para conhecer seu estilo de vida.

Como a cidade não possuía hotéis, nem estavam acostumados a hospedar visitantes, ofereceram-lhe a casa próxima da igreja que estava vazia e poderia ser ocupada até terminar sua pesquisa. Além do que, disseram, facilitaria sua ida à igreja para participar da missa.

No dia seguinte, Tiago acordou num sobressalto. Era um dos habitantes chamando-o para assistir à missa, como era o costume. Vestiu-se às pressas e surpreendeu-se com a quantidade de pessoas que faziam fila para entrar na igreja. Cada um deles parava diante da cruz, chacoalhava o corpo, depois seguia para o interior, aguardando o início da cerimônia. Tiago prestou atenção e, ao chegar sua vez, repetiu os gestos da melhor maneira que pôde. Na saída, a mesma coisa: parava-se diante da cruz, chacoalhava-se o corpo e cada um seguia seu rumo.

Nos primeiros dias, o antropólogo limitou-se a acompanhar as atividades dos montanheses sem fazer perguntas. Depois, mais familiarizado, começou a questioná-los sobre o ritual. Todos diziam a mesma coisa: era uma prática que existia desde tempos antigos, provavelmente desde que o vilarejo fora construído havia muitos séculos. A mesma explicação lhe foi dada por um velho padre que, aposentado, dedicava-se a traduzir do latim velhos manuscritos do pequeno acervo da igreja.

Tiago já estava quase abandonando sua pesquisa quando um acidente lhe favoreceu. Era tarde da noite e redigia, em seu diário de campo, os motivos que o levavam a desistir do projeto, quando ouviu um barulho no andar inferior da casa. Pegou a lamparina – o vilarejo não tinha energia elétrica – e dirigiu-se ao local de onde o ruído provinha. Não encontrou nada, mas percebeu que uma parte do assoalho soava falso. Bateu o pé uma vez e ouviu um som oco. Bateu com mais força, o assoalho abriu-se e ele caiu numa espécie de porão. Acendeu o isqueiro e surpreendeu-se. O espaço era pequeno, com teto baixo e estava vazio, à exceção de uma prateleira onde encontrou folhas manuscritas, bastante velhas, quase se desfazendo. Manipulou-as cuidadosamente. Suas páginas, escritas em latim, lhe eram incompreensíveis. Talvez aquelas folhas contivessem alguma informação importante, quem sabe.

No dia seguinte nem esperou ser chamado, foi logo à igreja, chacoalhou o corpo diante da cruz e rezou. Terminada a missa, acompanhou o velho padre e explicou-lhe o que havia encontrado. O padre examinou o manuscrito e concordou em traduzi-lo:

– Veja esta data. Estas folhas foram escritas no século XI. Pode ser importante.

As vinte e quatro horas de espera lhe pareceram uma eternidade. Depois da missa, no dia seguinte, o padre pediu-lhe que o acompanhasse até sua casa. Sua curiosidade era tanta que tentou conversar, mas o padre, sisudo, pediu-lhe silêncio. Tiago não entendeu, mas obedeceu.

Em casa, o padre lhe ofereceu um chá, sentou-se à escrivaninha e começou a folhear cuidadosamente o manuscrito. Tiago, emudecido, aguardava ansioso e acompanhava cada gesto do ancião, que finalmente se pronunciou:

– Acho aconselhável você esquecer este manuscrito.

Tiago, surpreso, gaguejou:

– Eeeesquecer?! Por quê? O que tem nele?

– Aquilo que você procura: a origem de nosso ritual.

Tiago não conteve a alegria. Exaltado, levantou-se da cadeira e dirigiu-se ao padre:

– Mas isso é maravilhoso. O senhor já pensou, explicar como nasce um rito?!

– Maravilhoso e mortal. Explicar o rito é matar o rito. Por isso, sua origem deve ser mantida em segredo. O mistério deve permanecer para que a fé seja mantida. O sagrado não pode ser revelado. Você precisa entender isso.

Tiago, com a respiração ofegante, sentou-se:

– O que está nesse manuscrito, o senhor pode me dizer?

– Desde que você prometa não o revelar.

– Concordo, mas, por favor, me diga.

– Este manuscrito é, na verdade, o diário do padre que iniciou, de forma involuntária, este ritual. Antes de iniciar a construção da igreja ele ergueu a cruz que está lá até hoje, mas, houve um acidente. A cruz caiu-lhe sobre uma de suas pernas, quebrando-a. Ele ficou aleijado para o resto da vida e, pior, traumatizado, cada vez que passava em frente a ela, seu corpo chacoalhava. Seus fiéis, achando que era uma espécie de reverência, começaram a imitá-lo.

– Ora, e por que o padre não impediu isso?

– Esse era seu dilema. Teve medo de confessar sua fragilidade. O padre morreu e, até hoje, as pessoas se chacoalham na frente da cruz. E isso é tudo.

– Posso ficar com o manuscrito?

– Melhor não. Este segredo não pode sair daqui.

Tiago ficou em silêncio. Olhou para o padre, olhou para o manuscrito e disse:

– Bem, acho que não tenho mais nada a fazer por aqui. Mas, antes de ir embora, o senhor poderia arrumar-me um copo d'água?

O padre saiu e Tiago pegou o manuscrito, escondeu-o sob a roupa e se dirigiu à porta de saída. O padre voltou com o copo d'água, Tiago bebeu e se despediu.

Horas depois, o vilarejo entrou em polvorosa. O corpo de Tiago fora encontrado no fundo da cordilheira, junto com inúmeras folhas manuscritas se deteriorando.

O velho padre, ao ver o corpo, disse:

– Avisei que ele tomasse cuidado com as janelas da casa. Estavam deterioradas e poderiam despencar na cordilheira se nelas se apoiasse.

13

1

Voltava eu da padaria, depois de tomar meu usual café da tarde, quando encontrei, em frente ao prédio onde moro, meus dois companheiros de partidas de xadrez numa conversa animada e indignada. Seu José, com seu metro e sessenta de altura, chinelo de dedo e uma bermuda surrada, falava alto e seus dedos apontavam para o seu Francisco como se o estivessem desafiando. Seu Francisco, com seu jeito calmo de burocrata do serviço público, tentava articular qualquer resposta, mas os gestos nervosos e a fala ininterrupta de seu José não lhe davam espaço. Por causa do barulho do trânsito, não conseguia discernir palavra e achei até que estivessem brigando. Ao me aproximar, seu José se recompôs e aproveitei a deixa para perguntar:

– Que está acontecendo, meus caros? Parece até que estão brigando.

– Não, nada disso, respondeu o calmo seu Francisco, estamos apenas conversando sobre a festa que teve ontem, aqui no bairro, e deu o maior barraco.

– Barraco?! Alguém brigou?

Seu José, mais relaxado e com a voz mais mansa, explicou:

– Não chegaram às vias de fato, mas a coisa foi feia. O dono da festa não permitiu que o rapaz entrasse...

– O tal rapaz não era convidado?, perguntei.

– Não, não era convidado, respondeu-me seu Francisco. Ele era da equipe do bufê contratado para servir na festa.

– Ué! Se era contratado, por que foi proibido de entrar?, questionei.

– Porque era feio pra burro, todo pestilento, respondeu seu Francisco.

– Não é por isso não, Francisco, ele não entrou porque é negro. Imagine, em pleno século 21, ainda temos esse tipo de preconceito. Só porque é negro – e frisou a palavra "negro", para acentuar o absurdo da situação.

– Tem certeza, seu José?, questionei.

– Claro que tenho. Inclusive ele mora aqui embaixo, na Vila.

Seu Francisco, em busca de sensatez, tentou ver o outro lado da briga:

– Temos que levar em conta que ele ameaçou o dono da festa, José. E, pelo visto, a ameaça foi feia.

– Ah, Francisco, pelo amor de Deus! Vem você com essa mania de contemporizar. O cara foi racista e ponto final. Tem que ser punido.

– Não é tão simples assim, José – respondeu seu Francisco

e complementou, olhando para mim – E você bem que poderia aproveitar a coluna de seu jornal para denunciar esse crime, não acha? Afinal, você é jornalista.

– Que eu seja jornalista tudo bem, seu Francisco, mas não é tão simples assim. Não dá para denunciar um crime baseado só no que ouvimos falar. É preciso investigar, levantar dados, conversar com os envolvidos. E depois, nem sei quem é o dono da festa!

– Ora, é o dono do mercado aqui da esquina, o filho da mãe.

– O do Mercado da Vila?

– Ele mesmo. Esse cara merece ser punido, disse seu Francisco. Parou de falar, olhou para o seu José, olhou para mim e, como se tivessem combinado, foram uníssonos:

– Denuncie.

– Pensarei a respeito, respondi e, para mudar de assunto, os desafiei:

– Quando vamos retomar nossas partidas de xadrez? Pelo que sei, até agora derrotei os dois e ainda falta mais uma rodada.

– Use sua estratégia enxadrista para denunciar esse crime. Afinal, estratégia não é só para usar no jogo – disse seu José rindo e se despedindo de mim e de seu Francisco. Aproveitei a deixa e entrei no prédio.

A conversa afetou-me por toda a noite. Não me saía da cabeça. Será que, de fato, o rapaz foi proibido de entrar na festa por ser negro? E como o dono da festa poderia proibir um funcionário do serviço de bufê executar seu trabalho? Bem, tudo poderia ser apenas fofoca, conversa de aposentados que, sem nada a fazer, espalham balelas, conversas moles, intrigas. Só relaxei depois que decidi que escreveria uma crônica a partir dessa aparente fofoca para tratar do racismo estrutural que existe em nossa sociedade. Quem sabe, depois, dependendo da recepção dos leitores e com maiores informações, poderia escrever alguma reportagem mais contundente.

2

Dois dias depois da conversa com meus vizinhos, a crônica foi publicada no jornal onde trabalho. A recepção não poderia ter sido melhor. No site, foi comentada e elogiada por vários leitores. Estupefato talvez seja a palavra mais adequada para exprimir o que senti ao ler os comentários. Na crônica, não deixei qualquer pista que permitisse ao leitor identificar a festa onde, por suposto, teria ocorrido o crime de racismo. Mas estava enganado. A notícia havia se espalhado mais rápido do que um tornado e inúmeros leitores relataram vários incidentes como se fossem testemunhas oculares. Nenhum, porém, dava qualquer pista importante para elucidar o porquê do jovem teer sido proibido pelo dono da festa de trabalhar.

Sequer citavam nomes. Referiam-se ao dono do mercado como dono do mercado e ao jovem negro, dependendo do grau de preconceito e racismo, como "mulato feio", "raça inferior" e outros que não vale a pena registrar. Ah, sim, teve um comentário curioso. Um fulano, ou fulana, sei lá, não se identificou, certamente com medo de ser punido pelo crime que cometeria ao referir-se ao jovem como "você sabe, aquele tipo de gente que descende de bicho".

De uma forma ou de outra, aqueles inúmeros comentários deram-me motivação para aprofundar minha pesquisa. Do ponto de vista do jornal, seria uma boa. Atrairia público e, quem sabe, melhoraria um pouco meu salário. Do meu ponto de vista, os comentários confirmavam a importância do ocorrido, além de acrescentar detalhes que me auxiliariam na busca. Quem diria que a conversa entre seu José e seu Francisco daria tal resultado. Começaria falando com o serviço de bufê, mas qual era a empresa? Não tinha a menor ideia. Melhor seria ir direto ao mercado, que era perto de casa, e falar com o proprietário.

Desde que passei a escrever crônicas para o jornal, abandonei o Jornalismo investigativo e esqueci o quanto pequenos detalhes no caminho podem vir a ser não pedras, mas montanhas. É o caso da secretária que me atendeu, toda gentil. Quando entrei na sala ela se levantou, ajeitou a saia azul-marinho sobre o corpo, estendeu-me sua mão, convidou-me para sentar e ofereceu-me café. A gentileza era tanta que até interpretei seu sorriso, aberto desde que me viu, como uma dica de empatia, ou algo mais, sabe, um clima pintando. Durou pouco. Durou até ela saber que eu era jornalista. Sequer perguntou o assunto, foi logo dizendo, contrariando a informação do recepcionista, que o patrão estava fora, em viagem, e só retornaria dias depois.

– Mas o recepcionista disse que ele estava!

O sorriso desapareceu, o corpo retesou e ela tremeleou:

– Seu Elon saiu pelos fundos. O recepcionista não poderia saber.

Dei um sorriso cínico. Que mais poderia fazer se o escritório era no 17° andar do prédio, o gabinete da Diretoria, onde eu estava, tinha apenas uma parede divisória entre a sala da secretária e a do chefe, que por sua vez fazia limite com a parede do prédio?! Mudei de assunto. Quem sabe ela poderia dar alguma informação sobre a festa. Como secretária-executiva, bem próxima do patrão, poderia ter dela participado. Mas sua resposta foi desanimadora:

– Nenhum funcionário participa das festas do seu Elon, meu senhor. Então, a gente não sabe de nada. Ele é muito reservado.

– Você poderia me dar ao menos o número do telefone dele, não?!

– Nem pensar. Se fizer isso, perco meu emprego.

Desacorçoado, saí do mercado chutando lata. Caramba, nem sequer o telefone consigo? Resolvi ir atrás do rapaz. De antemão, sabia que não seria fácil. Dele, só tinha indicação de algumas características físicas, que era purulento, feio e negro, além de ter uma estatura mediana. Não sabia sequer o seu nome. Mas, como seu Francisco havia me dito que ele morava perto, na parte baixa da Vila, e eu estava bem próximo, considerei que seria fácil encontrá-lo, mesmo sem ter muitas informações.

Dei sorte, ou melhor, quase. Ao chegar, logo na entrada daquela parte do bairro, encontrei um senhor sentado na porta de casa, fumando um cachimbo. Pedi licença e lhe perguntei se, por acaso, conhecia alguém com aquelas características físicas. O homem deu uma longa baforada e riu:

– Só pode ser ele. É encrenqueiro. Brigou com meu vizinho aqui, o serralheiro, a socos e pontapés. Aí começou a gritar dizendo que nunca mais usaria metal e, sabe o que ele fez, tirou o cinto da calça e cortou a fivela que era de alumínio. Suas calças quase caíram! – e ria a valer.

– O senhor sabe onde posso encontrá-lo? Sabe o nome dele?

– Ele mora por aí, mas ninguém sabe onde. Nome? Sei não. Sei que tem um monte de nomes.

– Poderia me dizer um, ao menos?

– Posso não, porque também não sei. Que ele é briguento, ele é.

– E o serralheiro? Onde posso encontrá-lo?

– Não pode, não. Depois da briga, o serralheiro mudou. Acho que ficou com medo do neguinho.

Queria saber era do jovem, não de suas brigas. Insisti mais de uma vez para ver se o velho facilitava minha vida e dava alguma informação útil, mas ele parecia um disco riscado a repetir a mesma história.

Acabei por desistir.

3

Minha crônica havia sido publicada no dia anterior. Um texto genérico, quase inócuo, que descrevia de forma superficial o que havia acontecido na festa e a suposta expulsão do rapaz. Usava o fato apenas para denunciar e contribuir para conscientizar o leitor do jornal, coisa que fiz mais de uma vez, sobre o racismo estrutural. Vizinhos conhecidos chegaram a comentar de forma elogiosa a publicação, mostrando-se solidários para com os excluídos. Esses comentários, queira ou não, me deixavam feliz. Achava que estava no caminho certo, apesar de eu próprio considerar essa crônica um tanto superficial.

Todavia, por algum motivo, tentar descobrir por que um jovem foi proibido de entrar numa festa parece ter desagradado a alguns. Ao voltar para casa, um jovem trajando um terno preto, camisa social branca e gravata vermelha, apressou o passo em minha direção. Achei que o conhecesse pelo jeito de ele parar em minha frente e olhar-me fixo nos olhos. Logo vi que não, não o conhecia, mas estava em dúvida e estava prestes a lhe perguntar se o conhecia quando ele encostou o dedo indicador em meu peito e advertiu, bravo:

– Deixe essa história pra lá, não te diz respeito.

Fiquei estupefato, mais do que amedrontado, mas antes que eu pudesse lhe perguntar qualquer coisa, simplesmente foi embora. Ao dobrar a esquina, voltou-se para mim e gritou:

– Você pode se arrepender!

Arrepender-me do quê? Estaria ele referindo-se à crônica? A crônica é inócua. Não acuso ninguém, refiro-me à festa e ao imbróglio sem dar detalhes, não cito nomes, nem tinha nomes até saber hoje o do dono mercado, o tal do Elon. Além do mais, não há qualquer parágrafo, frase ou linha que possa comprometer alguém. Então, arrepender-me do quê? Será que mexi em algum vespeiro sem saber?

Dona Clara, moradora do prédio vizinho, passava por perto, ouviu a ameaça e se aproximou:

– Olha, filho, ele tem razão, não mexe com isso não.

Tentei me fazer de desentendido:

– Mexer com o quê, dona Clara?

Ela deu um sorrisinho de canto:

– Você sabe. O garoto de sua crônica.

– Que maravilha, dona Clara, a senhora leu minha crônica! Obrigado por ser minha leitora. A propósito, a senhora conhece o garoto?

– Conheço sim, filho.

– Sabe onde ele mora?

– Não sei não, mas o nome dele é Omolu. Pobre criança. Um dia, a mãe dele, como castigo, lambuzou-lhe o rosto com um sei lá o que e ele ficou perebento. Só por ter desobedecido a mãe, pobre menino.

– E isso o torna perigoso?

Ela falou nada. Sorriu e foi embora.

4

A ameaça daquele jovem de terno preto e gravata vermelha do outro dia deixou-me um pouco assustado, confesso. Mas logo desencanei. Qual o problema em querer saber quem era aquele garoto, provável vítima de preconceito racial? Minha tranquilidade durou até ter um sonho esquisito naquela noite. Não sei explicar. Só sei que fiquei espantado, para não dizer amedrontado.

No sonho, me vi num mercado exótico, cheio de barracas. Numa delas, logo na entrada, uma panela de barro emborcada. Mercado, barracas e panela são substituídos pela imagem de um jovem todo salpicado de vermelho, carregado por uma mulher. Duas lanças, esculpidas e coloridas, aparecem no céu e, num repente, as duas lanças estão ao lado da panela emborcada. Pessoas dançam ao meu redor e me envolvem enquanto ouço a voz trovejante do jovem de vermelho:

– Mato qualquer um e como.

Acordo.

Esse sonho me assustou mais do que a ameaça que recebi na rua.

5

Ao longo dos dias, só publiquei crônicas sobre racismo e temas afins. Pesquisava e lia tudo sobre o assunto. Estava obcecado. Minha mente não descansava, nem quando ia bebericar no final da tarde em meu bar preferido, o Bar das Empanadas. Frequento-o há muitos anos, desde que era um pequeno bar, cheio de cartazes de filmes brasileiros – era ponto de encontro de cineastas, roteiristas e artistas –, com um único balcão e mesinhas de ferro onde as bebidas eram servidas em copo americano. Só que não é mais um bar pequeno. É enorme. Ocupa quase que por inteiro o quarteirão da Rua Wisard esquina com a Rua Fradique Coutinho. Mas, como antigamente, continua sendo um bom lugar para espairecer, jogar conversa fora e beber.

Com os olhos já cansados por horas no computador, resolvi parar o trabalho e aproveitar o final de tarde no Bar das Empanadas. Era hora do happy hour e lá, quem sabe, conseguiria apaziguar minha turbulência mental. Mal sabia que ela só aumentaria.

Estava numa mesa próxima à porta, bebericando. Dois casais sentaram-se à mesa ao lado da minha. Não lhes dei atenção até ouvi-los. Conversavam sobre um acidente no Mercado da Vila, cujo proprietário era o mesmo que havia expulsado o rapaz da festa. Foi o suficiente para que meus ouvidos se aguçassem. Por sorte, quem falava era a jovem sentada próxima a mim, de modo que podia escutá-la com clareza. Ela respondia a uma pergunta de quem me parecia ser seu namorado:

– Não, Edson, o dono do mercado diz que é o mesmo sujeito que brigou com ele na festa.

O outro rapaz, que também se comportava como namorado da jovem a seu lado, questionou:

– Peraí, como ele sabe que foi o neguinho que derrubou o telhado do mercado?

– Puxa, Arnaldo, você é burro – contestou a namorada –, o cara fez a maior ameaça no dia da briga. Eu vi tudo. Você não viu porque estava conversando com aquela sirigaita da Odete.

– A verdade – completou Edson – é que o cara tá encrencado. Se o seu Elon conseguir provar, o garoto vai pegar pena pesada. Ainda mais que é negro. Já viu, né?!

A namorada de Edson pareceu não acreditar:

– É um absurdo achar que alguém vai derrubar o telhado, ainda mais de uma construção tão grande quanto a do mercado, só por vingança. Não acredito.

Dessa vez, quem se manifestou foi a namorada de Arnaldo, com tom de voz bastante maternal:

– Se você tivesse passado o que ele passou, você também se vingaria. Imagine, você ser humilhada na frente de todo mundo, sem chance de defesa. Eu me vingaria, ah, se me vingaria. Não sei se conseguiria derrubar um telhado, mas acharia um jeito. Ah, se acharia.

A partir daí a conversa pegou outros igarapés e o assunto se desviou. Fui até o mercado e constatei que, de fato, o telhado tinha ruído. Segundo um funcionário, que limpava a frente do prédio sem teto, por sorte ninguém se machucou. Quando o telhado começou a ruir, ouviram um barulho estranho e saíram a tempo. Máquinas, equipamentos, estoque... perda total. Essa agora, de vítima de racismo a demolidor!

6

Talvez na delegacia eu encontre alguma informação concreta. Afinal, se há suspeito, certamente, seu Elon registrou a ocorrência. Consultei o relógio. Tarde, muito tarde para ir à delegacia onde, era quase certo, demoraria a ser atendido. Quantas e quantas horas já perdi na vida à espera de investigador, delegado ou policial, para obter informação quase sempre pública e disponível, mas, na prática, de difícil acesso. Claro, como sou idiota! Tem o Diogo, que trabalha na mesma delegacia e pode ter as informações de que preciso. E eu tenho o telefone dele. Liguei. Me apresentei, ele logo lembrou-se de quem eu era, o que não adiantou muito quando lhe pedi informações sobre o caso:

– Não posso falar não. Está sob sigilo.

– Diogo, pelo amor de Deus, preciso de informações. Prometo que não publico nada sigiloso, mas me ajude.

A fidelidade profissional imperou. Negou qualquer possibilidade de ajuda, mas, para não parecer antipático, convidou-me para uma cerveja. Concluiu o convite frisando bem as palavras "só papo-furado e bebida". Entendi o recado. Se tivesse alguma chance de convencê-lo seria à mesa de bar, lugar aprazível tendo o álcool como, vamos dizer, liberador das válvulas que tornam a mente mais flexível. Mas aquelas palavras frisadas esfumaçaram qualquer esperança.

Recusei o convite.

Desde o começo dessa história pouco avancei na pesquisa sobre o garoto que eu queria defender. Primeiro, ele me apareceu como vítima – impedido de entrar na festa por ser negro –, agora, surgem acusações de ele ter destruído o supermercado.

Sabe aquela coisa de tão perto, tão longe?! Pois é.

Com as pessoas que conversei sobre esse garoto, todos sabiam sobre ele, mas ninguém o conhecia. Tinham ouvido falar.

E ouviram sobre sua cara feia, sua mania de não usar metais. De seu caráter impiedoso. De suas boas ações. De suas maldades.

Tinham ouvido falar.

Refletia sobre tudo isso quando o telefone tocou.

Atendi. Do outro lado, a voz meio gutural, meio *fake*, meio teatral, se fez ouvir:

– Você já foi avisado, pare com sua pesquisa.

E desligou o telefone.

7

Mais do que ameaças, o que me deixava mal, irritado mesmo, era não avançar no trabalho. Ficar desorientado, sem saber para onde ir, especular aqui e ali e não sair do lugar é infernal. Me desanimava. E as parcas informações conseguidas me tiravam o sono. De concreto, só o nome do proprietário, o seu Elon. Sobre o jovem, agora acusado de derrubar o teto do supermercado, também só os nomes. Omolu era o mais citado, mas referiam-se a ele também como Xapanã e Sapatá. Sobre onde encontrá-lo, apenas uma pista, morava na parte baixa do bairro, baixa no sentido geográfico e social, a parte onde moram os desfavorecidos. Bem, quase nada. Mas também não poderia deixar-me apoderar pelo desânimo e, para enfrentá-lo, teria que estar frente a frente com a realidade.

Voltei à Vila com suas casas envelhecidas e mal conservadas, com muitas delas por terminar, ora faltando a pintura, ora a massa corrida, ora portas e janelas. Mais chocante que a aparência dos imóveis era ser atendido por crianças, sem qualquer acompanhante de maior idade, apenas elas próprias, sozinhas em suas casas. Os poucos adultos que me atenderam eram mulheres. Homens? Nenhum.

Era perto da hora de almoço e o estômago manifestava sua carência. No final da rua tinha um bar, segundo meu olhar míope, e lá encontraria comida. Apressei o passo para me deparar com um mercado que me lembrou o empório de secos e molhados de meu avô. Logo à entrada, vários sacos de cereais formavam dois corredores, um, à esquerda, com prateleiras repletas de castanhas, nozes, frutas secas; o outro, à direita, abria para um pequeno espaço com produtos religiosos afro-brasileiros. Bem, essa parte o empório de meu avô não tinha, pois era católico fervoroso e execrava religiões que ele dizia serem pagãs. Sentada ao fundo, atrás do balcão, uma senhora de seus 60 anos tricotava. Aproximei-me. Concentrada no movimentar da agulha, não percebeu minha chegada. Aproveitei para observá-la e examinar melhor o local para ver se tinha algo para comer. Logo vi que não. As prateleiras, quase vazias. Algumas com latas de comida, outras com garrafas de bebida e nada para consumo imediato. Chamei a atenção de dona Graça, esse era seu nome como vim a saber. Ela ergueu a cabeça em minha direção, depositou o tricô na mesinha ao lado da poltrona e levantou-se. Seu corpo alto, postura ereta e firmeza no andar deram-me a impressão de jovialidade, apesar do rosto sulcado pelo tempo. Mesmo tendo de antemão a resposta, perguntei-lhe se tinha algo para comer e ela não hesitou em fazer o convite:

– Tenho um cafezinho, aceita?

A palavra cafezinho soou como mantra em meu corpo. Havia tomado meu primeiro e único café às sete da manhã. Andei todo o tempo de porta em porta, só fumando. Ah, como faz falta um cafezinho. E foi a melhor coisa que fiz. Além do prazer degustativo – e, cá entre nós, mágico –, ela me deu informações importantes. Enquanto saboreava em pequenos goles aquela delícia de sabor ácido e sem açúcar, puxei assunto:

– Por acaso a senhora já ouviu falar de um rapaz que mora por aqui, acho que ele se chama Omolu, a senhora conhece?

Senti que não deveria ter feito a pergunta, assim, tão de repente. Por outro lado, como saber com antecedência da reação da pessoa? Sei apenas que ela mudou de figura. Ficou triste. Os olhos centraram-se por alguns instantes no maltratado, envelhecido e ensebado piso do salão. Ela levantou a cabeça e suas palavras marejaram:

– Conheci sim, moço. Desde que ele foi abandonado na porta daquela casa ali ó, da dona Indaiá. Tadinho, chegou aqui todo perebento, mas dona Indaiá cuidou dele direitinho.

Quando ela apontou em direção à casa, vibrei e lhe perguntei meio ansioso:

– Será que a dona Indaiá está em casa?

– Não, moço. Ela está no astral.

Caramba! Mais uma que me foge. E pensar que essa conversa foi a que mais me aproximou desse personagem real. Como seria bom falar com quem o criou. Deu-lhe comida, educação, tudo. Enfim, foi uma mãe. Só que estava morta. Dei mais um gole no café e, essa é a merda da ansiedade, a gente se apressa e faz pergunta errada.

– Omolu é uma boa pessoa?

A face tristonha da mulher transfigurou-se. Vi com nitidez a contração de seus músculos e seu olhar inquisitivo se fixar no meu por infinitos cinco segundos. Vi que não vinha coisa boa.

– E por que quer saber? – perguntou com os dedos a tamborilar no balcão e os olhos a me bruxear. Vi-me obrigado a lhe contar toda minha história. Do começo ao fim. Terminei lhe perguntando:

– A senhora acha que Omolu seria capaz de uma vingança desse tipo, de desabar o telhado de um mercado?

– Menino, cê precisa saber que Omolu é sábio. Ajuda todo mundo, mas sabe se vingar quando ofendido.

– Como eu poderia encontrá-lo? Ele mora por aqui, não?

Seu rosto voltou a serenar. Retomou suas agulhas de tricô, entrefechou os olhos, sorriu e disse:

– Cê num consegue achá ele não. Ele é que te acha.

– E como ele pode me achar, se nem me conhece?

– Isso só ele sabe – e retomou seu tricô.

8

Voltei para casa. Estava faminto e, antes de começar a almoçar, Ednaldo, meu editor, ligou e tirou meu apetite. Queria falar comigo com certa urgência a respeito de minhas crônicas. Não falou mais nada. Apenas pediu para passar na redação e conversarmos.

Fiquei me perguntando o que ele queria. Se ele dissesse que as crônicas estavam mais superficiais do que as águas de um rio seco, tudo bem, concordaria. Conheço os limites do meu trabalho e ele poderia até não as publicar, mas o que faria com o espaço vazio? De alguma maneira, minhas crônicas estavam atraindo um público que, mesmo oscilante, era significativo. Há tempos o jornal, mesmo mantendo o hibridismo, digital e impresso, não tinha tanta repercussão, até publicar estas famigeradas crônicas. Até as vendas do impresso aumentaram na banca de jornal em frente à Padaria da Vila. Acredito que o mesmo tenha acontecido em outras bancas. Claro que isso ele nunca revelaria. Jamais revelou qualquer informação sobre os rendimentos da empresa e não seria agora que o faria. Que poderia querer comigo?

O resultado de minha jornada me preocupava. Mesmo a conversa com a senhora do empório, ainda que tivesse acrescentado alguns dados sobre o jovem, era insuficiente. Precisava de elementos, dados mais concretos, palpáveis. Mas onde encontrá-los? Além do interesse jornalístico, havia também minha curiosidade. Tudo bem. Ele podia ter suas razões, tinha sido adotado, era pestilento. Mas foi bem cuidado pela mãe adotiva, a dona Indaiá. Ah, sim, se vingava de qualquer um que o desrespeitasse. Mas e daí? Quem era ele?!

Sabia apenas que tinha uns 30 anos, era forte e musculoso. Mesmo assim, como faria para desabar o teto? Teve ajuda de alguém? Usou que tipo de ferramentas? Minhas ilações, caso ele fosse mesmo o autor, indicavam para um crime hediondo e planejado para matar pessoas, pois a estrutura começou a despencar em pleno horário comercial. Como ele fez isso?

O telefone tocou. Número desconhecido. Detesto atender telemarketing, que certamente era. Mas estava enganado. Do outro lado da linha, uma voz feminina inebriava meus ouvidos. Apresentou-se como Edna, secretária de um advogado que desejava muito falar comigo. Ao perguntar qual era o assunto, de forma intuitiva já sabia a resposta: as crônicas publicadas. O que um advogado teria para conversar sobre crônicas contra o racismo? Edna não respondeu, disse que não sabia. Combinei que passaria no meio da tarde, mas antes, pensei, passaria na redação.

9

Ednaldo não se mostrou nada simpático. Mal acomodei-me em seu escritório, ele desandou a falar em voz alta e em tom imperativo, enquanto seus dedos percorriam a gravata, gesto que não conseguia esconder quando ficava irritado:

– Suas crônicas estão me causando problemas. Muitos problemas. Preciso que pare com elas. Mude de assunto.

Contestei de pronto:

– Você está maluco, Ednaldo. Você pode até me dizer que estão uma merda, superficiais, porque estão mesmo, mas daí a te causar problemas, é um absurdo.

Ednaldo ficou ainda mais irritado, a voz mais alta:

– Não posso perder anunciante por causa dessa sua briga imbecil.

Aí, quem ficou irritado fui eu:

– Como imbecil?! Combater o racismo é imbecilidade? Imbecil é você, Ednaldo, que coloca o dinheiro acima das pessoas. Depois, tem mais, essas crônicas aumentaram a interação com os leitores do jornal. Isso não vale nada?

– O leitor não paga minhas contas. Quem paga é o anunciante.

– O anunciante é o nosso censor, é isso que está dizendo?

Ele balbuciou qualquer coisa, mas desistiu. Respirou fundo. Seus lábios se distenderam ligeiramente e sua boca se elevou. Senti um certo cinismo nesse sorriso que me foi confirmado ao oferecer-me uma dose de uísque. Não aceitei. Sua intenção era clara: embebedar-me. Depois que o ouvi dizendo que eu era fraco para bebida, que bastava um copo para eu concordar com qualquer coisa, passei a recusar seus convites. Saí da redação e fui para o escritório do advogado.

Minha primeira surpresa no escritório advocatício foi conhecer a Edna, aquela voz jovem e maviosa que, ao telefone, me deixou apaixonado só em ouvi-la. Imaginei-a morena, com seus, no máximo 30 anos, cabelos ondulados, olhos castanhos e um sorriso feliz. Quem me atendeu foi uma senhora de 60 anos, com um vestido longo, quase até os pés, os cabelos compridos e soltos. Seu rosto, ovalado, era sulcado por estrias de quem passou muitas horas sob sol. Ela me viu na porta de entrada e foi solícita, pedindo para que eu sentasse enquanto ela avisaria o dr. Miguel de minha chegada. Só quando entrei na sala do advogado é que soube que aquela senhora de 60 anos era a mesma Edna ao telefone.

A segunda surpresa foi observar que o advogado, que estava sentado atrás da escrivaninha em forma de L, trajava o mesmo tipo de terno usado pela pessoa que havia me ameaçado na rua dias atrás. Terno preto, camisa branca e gravata vermelha. Igualzinho. Essa coincidência me incomodou e cresceu uma antipatia pelo advogado antes mesmo dele começar a se explicar, ainda que num tom amigável:

– Eu falo em nome de várias entidades religiosas defensoras de valores tradicionais...

Interrompi-o:

– Miguel...

– Doutor Miguel, por favor.

– O senhor tem doutorado?

– Não.

– Então é Miguel, mas, por educação, é melhor chamá-lo de seu Miguel. Então, seu Miguel, o que tenho a ver com entidades religiosas?

– Tem a ver com o que o senhor vem publicando na imprensa. Tem chamado muita atenção para questões delicadas. Seria melhor parar.

– Você me chamou até aqui em seu escritório para falar essa merda?

– O senhor não me deixou explicar. Seguimos rigorosos princípios, e o senhor, certamente, o senhor não sabe, mas está contribuindo para com as coisas maléficas. É gente do mal.

Comecei a rir. Ele pareceu não entender. Me questionou. Eu respondi:

– Sabe, Miguel, até hoje eu imaginava que a torneirinha de asneiras da Emília fosse só uma figura de ficção, de histórias, mas não. Estou diante de uma torneira que não é da Emília.

– Não entendi. Emília?! Quem é Emília?

– Com certeza, não leu *Reinações de Narizinho*. Mas deixa pra lá.

– Tudo o que a gente quer é que entenda que esse rapaz que o senhor defende em suas crônicas é um mau caráter. Sujeito perigoso e adepto de práticas pagãs, muito perigosas.

– Miguel, que viagem! Esse rapaz foi vítima de racismo, a religião que ele pratica não tem a menor importância.

– O senhor precisa entender, as coisas estão ligadas. Ele é seguidor de Satanás e precisa ser eliminado.

– Eliminado? Miguel, você é advogado e deveria saber que o que está falando é crime, previsto no Direito Penal.

Ele não se abalou, ao contrário, continuou mantendo a postura de estátua de cera, sem mover qualquer músculo, impassível, e me explicou:

– Não quis dizer matar não. A gente não quer uma guerra

santa, então é melhor silenciar, não falar dele nem das coisas que faz. Se é que o senhor me entende.

Nessas alturas sentia-me na presença de um sujeito com cabeça de Idade Média, daqueles que ainda acreditam em Guerra Santa. Como pode, em pleno século 21, ter gente assim? Emputecido, sensação crescente desde que percebera a sugestão, nada sutil, de censura, levantei-me da cadeira. Ele também se levantou, matraqueou de novo o pedido para que eu parasse de escrever e estendeu-me a mão como despedida. Olhei-a, terminei de levantar, virei-lhe as costas e saí.

10

Para alguma coisa o bestialógico da tarde serviu. Cheguei em casa e despejei no papel toda minha ira, denunciando a pressão que vinha sofrendo. O leitor comum entenderia pouco, mas os envolvidos se identificariam. Óbvio, não citei nomes, nem nada que pudesse me comprometer, afinal, não tinha prova de nada. Não gravei a conversa com o advogado – por que o faria? – e estava com as mãos vazias. Tinha apenas as histórias contadas, que só serviam para escrever outras histórias. O fato é que, ao terminá-la, me senti aliviado. Nem sequer a ideia de não ser publicada me intranquilizou. Ednaldo certamente não a publicaria. Se já não queria publicar aquelas inconsequentes, publicaria essa? Duvido. Melhor nem pensar. Fui dormir. Na manhã seguinte a enviaria.

11

A sensação de vacuidade do dia anterior evaporou logo ao acordar. Antes mesmo de me levantar, meus pensamentos ganharam vida própria e imagens se sucediam. O encontro casual com seu José e seu Francisco; as andanças atrás do jovem negro impedido de entrar na festa, depois acusado de derrubar o teto do mercado; o sujeito de preto me ameaçando no meio da rua; a conversa estúpida com o advogado; a sugestão do editor para que eu parasse de escrever; a mulher falando que ele era benevolente e se chamava Omolu. No meio dessa onda de imagens, lembrei de uma frase dita por Hitchcock, o cineasta inglês, em conversa com Truffaut, sobre a importância de se fazer, antes do desfecho final, um resumo da história para reavivar a memória do espectador. Ri e balancei a cabeça. Não sabia se estava por terminar a história, sabia apenas que estava mais motivado do que nunca em continuá-la.

Um retorno ao empório da mulher tricoteira, a dona Graça, seria um bom reinício, pensei. Queira ou não, tinha mais elementos sobre o rapaz e, como conheceu o jovem, o viu crescer, poderia me dar maiores informações. Bastaria eu não fazer bobagem e saber perguntar. Putz! Como faz falta a prática investigativa! A gente perde informação por pergunta errada.

Ao entrar no empório, o cheiro de incenso tornou-se mais forte, mais do que a primeira vez. Olhei à minha direita, onde estavam os produtos religiosos à venda, e vi três pessoas uma ao lado da outra. Uma delas curvou-se e disse “atotô”. Os outros a seguiram, curvaram e repetiram a palavra. Parei. Dei alguns passos na direção delas para saber diante do que se curvavam, pois uma prateleira escondia o objeto da reverência. Elas estavam paradas, em círculo, não eram três, eram sete pessoas, de olhos fechados e em silêncio.

Satisfeita a curiosidade, fui para o fundo do empório onde estava sentada a tricoteira, como da primeira vez, tricotando. Cumprimentei-a. Esperei que ela me olhasse. Ela tricotava. O cheiro de incenso mesclou-se ao cheiro de pipoca. Diante de seu silêncio e para chamar-lhe a atenção, talvez ela não tivesse nem me visto, nem me ouvido, articulei alto as palavras:

– Que cheiro bom de pipoca!

Intermináveis segundos depois, o silêncio voltou a ser quebrado pelo som de dentes triturando pipocas. Dei três batidas no balcão e pigarreei. Ela tirou os olhos do tricô, levantou a cabeça em minha direção e continuou muda. Estranhei. Não me parecia a mulher que conhecera na visita anterior. E seus olhos pareciam estar fixos, não em mim, mas no vazio. Olhava para o nada! Que teria acontecido?

– A senhora vai bem, dona Graça? Lembra-se de mim?

Ela colocou as agulhas e o novelo sobre o balcão e se dirigiu lépida a mim. Que mudança! De estátua a carro de corrida. Encostou no balcão, curvou de leve o corpo e me perguntou:

– O que o sinhô qué?

Procurei ser simpático e sorri. Falei de minha visita anterior, de minha busca por Omolu, contei toda a história. Ela não se lembrava. Pelo visto, eu perdera tempo ao recordar os recursos investigativos, subliminares, indutivos, dedutivos, o cacete, porque a mulher, a velha tricoteira que conhecera antes, não era a mesma. Sua memória só se reavivou quando falei de dona Indaiá. Seus olhos brilharam. A boca mantida fechada até então abriu-se em movimentos acelerados. O lanche que tomavam à tarde, as conversas e futricas sobre os vizinhos, o cuidado com as crianças. E ela relatava detalhes de seu relacionamento com dona Indaiá. Só que muitas das palavras emitidas, algumas esquisitas, formavam um tecido de significados lógico e, ao mesmo tempo, sem sentido. Intrigado, aproveitei um momento em que ela fez uma pausa:

– Que língua a senhora fala?

Ela me olhou sem entender.

Expliquei:

– Entendo o que a senhora fala, mas não todas as palavras, sabe. É como se a senhora falasse um português diferente.

Ela riu.

– Uai, moço! Língua é a gente que faz.

Um casal, que estava na seção de produtos religiosos, aproximou-se oferecendo-nos pipoca. Colocaram a tigela sobre o balcão, agradeceram pelo empréstimo do espaço e se despediram com a palavra "atotô", repetida por dona Graça.

A tigela, não muito grande, nem muito pequena, estava repleta de pipocas recém-saídas da panela. Cheiro e visual contorciam-me o estômago. Não esperei um segundo convite para ruminá-las. Para completar o prazer, dona Graça serviu-me o par perfeito da pipoca, o café. que estava requentado, mas estava bom. Tão bom que acabei bebendo uma segunda xícara e dando conta, junto com dona Graça, de toda aquela tigela.

À medida em que o volume da tigela diminuía, dona Graça

silenciava. Parecia não me ouvir. Tentei puxar assunto de várias maneiras. Em vão. Terminada a pipoca, dona Graça levou a tigela para os fundos, voltou, pegou as agulhas e o novelo sobre o balcão e sentou-se em sua cadeira. Tive vontade de acender um cigarro. Ela estendeu o tecido já tricotado sobre as pernas cruzadas, pegou as agulhas e começou a tecer com toda sua atenção voltada para o ir e vir das linhas. Como se o mundo, para ela, deixasse de existir.

Saí do empório desolado.

Eram dez horas da manhã e minha motivação foi mandada direto para o ralo depois da conversa com dona Graça. Estava perto da delegacia e por que não tomar um café com Diogo? Seria uma chance de saber melhor a história do sigilo. Tudo bem. Ele disse que jamais falaria sobre o assunto, mas duvido que numa conversa pessoal, e dentro da delegacia, ele não abriria o bico. Qual motivo levaria uma pessoa a colocar sob segredo de justiça uma acusação como a que fez o sr. Elon, dono do mercado?

Perguntei ao recepcionista pelo Diogo e este, como me conhecia, facilitou minha vida. O Diogo não estava, mas, explicou-me, o delegado poderia elucidar-me o caso do sigilo, já que eu era jornalista credenciado. Só teria que esperar. Esperei. Esperei o tempo de ler exatas 60 páginas de um livro, o que significa, no meu caso, na linguagem do tempo, três horas!

Mesmo sem me conhecer, mas sabendo de minha amizade com Diogo, o delegado foi muito prestativo. Expliquei-lhe o caso, por ele ignorado. Tranquilizou-me. Levou-me até sua sala, consultou os arquivos digitais. Ao terminar, levantou os braços e, com as mãos abertas, exclamou, lacônico:

– Nenhum registro – fez uma pequena pausa, girou a cabeça em minha direção e completou –, portanto, o caso não existe.

12

Depois que saí da delegacia, uma chuvinha de inverno desestimulou ainda mais qualquer peregrinação. Qual o propósito de bater de porta em porta, de bar em bar, embaixo de chuva, fazendo perguntas?! Se minha cabeça fosse uma bússola, a agulha estaria a apontar para todos os pontos. Como adotar um plano de trabalho com o que tinha em mãos? Mal ou bem, sabia um pouco mais sobre o jovem proibido de entrar na festa, que fora adotado por uma senhora, que era negro, com cerca de 30 anos. E daí?

O problema maior eram as fontes de informação: só de gente que tinha ouvido falar, sem terem certeza do que relatavam. Só ouviram falar. Mesmo a tricoteira, a dona Graça, que conheceu o garoto e sua mãe adotiva, acabou por me deixar em dúvida sobre a veracidade de sua história.

Abriguei-me da chuva num boteco próximo da delegacia. Semelhante a outros bares do bairro, este tinha suas três mesas de ferro encostadas à parede com uma geladeira velha, ao fundo. Ao seu lado, uma prateleira servindo de altar com uma imagem religiosa, um castiçal pequeno com uma vela e um pote. Depois que um senhor, provável dono do bar, serviu-me o café, dirigiu-se ao altar e acendeu a vela. Pegou o pote e levou-o até o balcão, me oferecendo:

– Aceita? Omolu fica feliz quando a gente dá pipoca pra ele.

Embasbaquei. Sem saber o que falar, peguei um punhado de pipoca, agradeci e pus algumas na boca. Que raio de coincidência é essa? Acabei de comer pipoca e agora essa. Abri a boca só para fazer meu pedido, sem pronunciar qualquer outra palavra, e então, por que ele fala em Omolu? Seria o mesmo que eu buscava? Espantei essa ideia assim que nasceu. Nada a ver. Ele referia-se a uma entidade religiosa, eu a um jovem de carne e osso, vítima de racismo. Coincidência, pura coincidência, pensei. O alerta de mensagem de texto soou em meu celular. Abri para ler:

– Por motivos de força maior, encerramos nosso acordo de trabalho. Os valores devidos lhe serão depositados em 48 horas. Um abraço cordial.

– Que filho da puta! Me despediu por mensagem de texto!

13

Às vezes, nos acontece de participar de eventos que Jung chamaria de sincronicidade, ou seja, quando dois ou mais eventos semelhantes ocorrem ao mesmo tempo sem qualquer relação causal ou lógica e acabam por transformar a vida de alguma maneira.

Minha jornada, pelo visto, foi uma sucessão de sincronicidades.

O telefone tocou. Atendi. Era uma voz feminina que me convidava para a festa Olubajé.

– E o que é essa festa... Olubajé?

– É uma oferenda ao Senhor da Terra, orixá africano. É uma cerimônia bonita, o senhor vai gostar.

– Tenho que levar alguma coisa?

– Não precisa trazer nada não. Aliás, venha de estômago vazio. Teremos muita comida: acarajé, bolo de inhame, farofa, batata doce e pipoca, pipoca de montão.

Aceitei o convite. Desde o início de minha pesquisa ignorei por completo qualquer abordagem religiosa. Indícios havia, mas meu materialismo militante sequer permitia qualquer curiosidade a respeito. Resolvi consultar o livro de Pierre Verger sobre Olubajé que minha ex-namorada havia deixado em casa. Fiquei sabendo que o ritual era oferecido à entidade que tem o mesmo nome do jovem que busco, Omolu.

Coincidência ou sincronicidade, este jovem continua um mistério.

Não demorou segundos para o alerta de mensagem de texto soar. Dessa vez era do banco, informando sobre um depósito feito em minha conta, suficiente para eu viver sem trabalhar por seis meses. Encafifei. De quem seria? Esses mistérios me grilam. A única certeza que tinha: não era do jornal. O que eles me deviam era ridículo, daria para pagar um mês de aluguel. Alguém, com certeza, depositou em conta errada e, claro, teria que devolver o dinheiro. Liguei para o gerente da conta. Ele me informou que não havia como saber, pois o dinheiro fora depositado em espécie, no caixa eletrônico.

COCA-COLA ZEN

Sentado sob a relva no ponto mais elevado do planalto, Baiá olhava para o fundo do vale onde um rio serpenteava a vegetação verde e homogênea típica das grandes fazendas. Com os braços apoiados nos joelhos, o corpo meio curvado, parecia ter estatuado. Os olhos, dirigidos ao nada, não se moviam e os músculos faciais enrijecidos denotavam problema.

Num gesto súbito, esticou pernas e braços, espreguiçou-se e se levantou. Vasculhou ao redor, caminhou alguns passos, agachou-se e apanhou um galho fino e pequeno. Examinou-o e voltou a sentar-se com ele nas mãos.

Depois de vários minutos imóvel, com os olhos fixos no chão arenoso à sua frente, pegou o pedaço de madeira, limpou-lhe os excessos e, com o canivete, aparou sua ponta. Com delicadeza desenhou letras no solo até formar a palavra "resposta!". Depois de jogar o graveto fora, voltou a apoiar os braços sobre as pernas e a olhar para o fundo do vale. Se perguntado, Baiá não saberia dizer quanto tempo ficou ali parado, naquela posição. Chegara no meio da tarde, e só no início da noite é que se levantou para ir embora. Espalmou as calças para tirar-lhe restos de grama e areia, espreguiçou-se e, antes de caminhar em direção à moto, sussurrou:

— É isso, vou *ti* buscar!

A decisão de Baiá não se transformou em ação. Ao contrário, começou a perambular pela cidade ora a pé, ora de moto, ao encontro de amigos e da namorada, Mercedes, quem acabou dando-lhe dicas para resolver seu problema.

Uma noite, na cama, na casa dela, tinham acabado de fazer amor. Mercedes sentou-se, girou o corpo em direção a ele, que estava deitado e, com voz carinhosa e incisiva, perguntou:

– Afinal, o que anda acontecendo?

Baiá continuou imóvel, deitado com os olhos fixos no teto, demorou alguns segundos para responder com uma única palavra:

– Nada.

– Como não, Baiá? Você anda tenso, de vez em quando faz umas caras de quem tá morrendo. Nunca vi isso.

– Não viaje, Mercedes. Só ando quieto, sem vontade de falar. E não seja injusta, nossa transa foi ótima.

– Pra você.

Ele ficou em silêncio. Os olhos no teto. Mercedes percebeu seus pés retesarem e o corpo contrair-se. Colocou a mão sobre o ombro do namorado e verbalizou seu carinho e preocupação:

– Conta pra mim o que está acontecendo? De repente, posso te ajudar.

Ela perdeu a conta de quantos intermináveis minutos, ou seriam segundos, ele ficou estatuado, pelado e de barriga para cima. Acariciou-lhe o ombro, passou as mãos sobre seus cabelos e esperou paciente ele se manifestar. Finalmente ele sussurrou:

– Não tenho nada. Você está enganada.

– Enganada, eu? Amore mio, tá na tua cara que algo não vai bem. Não quer contar, tudo bem, respeito. Mas não negue. E depois não tenho que ficar me metendo em sua vida. Você é problema seu.

Baiá relaxou e disse com voz de arrependimento:

– É complicado te explicar, Mercedes, nem eu mesmo sei.

Ela deu um salto na cama e gritou, animada:

– Eu tenho a solução: vamos consultar o I Ching.

– I Ching?! Que é isso?

– Um oráculo chinês, seu bobo. Você nunca ouviu falar?

Baiá riu:

– No que um oráculo pode me ajudar? Não quero saber se ficarei rico ou não, nem se vou ser feliz no casamento ou se vou ter muitos filhos. Só você, Mercedes, com esse seu misticismo.

– Bobinho, esse livro é diferente. É difícil de entender, mas, quando a gente consulta, apesar de tudo ser muito simbólico, a resposta nos diz algo. É estranho, mas é verdade. Por que não experimenta?

Baiá concordou e ficou deitado à espera de ela buscar o livro, mas teve sua primeira surpresa ao saber que, para consultá-lo, era necessário um ritual prévio. Contra a vontade, levantou-se, vestiu-se e foram para a sala, onde, no oratório fixado na parede em frente à porta, Mercedes depositou um incenso. Depois, com as mãos espalmadas, curvou o corpo em reverência, pegou o livro e sentou-se no sofá, rente à porta.

Embora se mantivesse calado, Baiá não conteve a ironia rindo o tempo todo, apesar de ela ter-lhe pedido silêncio. Segundo ela, o silêncio era importante para que o consulente pudesse formular sua pergunta com muita clareza. Baiá protestou dizendo que não falaria sua pergunta. Mercedes riu e lhe explicou:

– Seu tonto. A pergunta é para você. Ninguém precisa saber, o problema é seu.

Sobre a mesinha, colocada à frente do sofá, Mercedes jogou três moedas, traçou uma linha descontínua no papel e repetiu o gesto mais cinco vezes até formar o hexagrama intitulado Estagnação. Abriu a página correspondente e começou a ler, mas logo foi interrompida por Baiá, com cara de quem não estava entendendo nada:

– Não lê, não. Faz você uma interpretação que tá bom.

Mercedes mexeu os ombros e concordou. Leu mentalmente o texto do hexagrama, fechou o livro:

– Vamos lá. O que o hexagrama está te dizendo é que você está estagnado. Como se o céu e a terra estivessem em desencontro, dissociados, e o resultado é a crise social, política, psíquica, o caralho. Daí a ascensão do poder da sombra, enquanto o da luz decresce e você, que é o homem superior, o consulente, precisa ficar recluso, fiel a seus valores íntimos, senão cê tá fú. Sugestão do I Ching – terminou de falar e deu uma risadinha.

Baiá deixara de lado seu sarcasmo e ouvira atento a interpretação feita pela namorada. Manteve-se calado e não voltou a tocar no assunto durante os dois dias que passaram juntos.

A angústia progressiva de Baiá foi notada pela mãe:

– Menino, tome tento. Parece barata tonta, andando de um lado para o outro. Olha seu quarto, uma bagunça. Você era tão organizado, meu filho. Que está acontecendo nessa cabecinha, hein?

Os suores frios a lhe percorrer o corpo aumentaram. Seu mutismo intensificou-se. Nem mesmo durante os raros jantares com pai e mãe abria a boca. Incapaz de se concentrar no trabalho, era assistente de contador, foi demitido.

No mesmo dia, ao sair do escritório, comprou uma mala e foi para casa. Separou as cuecas, meias, camisas, sapatos e sandálias e escolheu duas blusas, uma mais quente, outra mais leve, para tempo fresco. Com cuidado, colocou as blusas e as calças no fundo, e, sobre elas, as camisas e camisetas, mais propensas a amassarem.

Prestes a terminar a arrumação, sua mãe entrou no quarto:

– Ué! Vai viajar?

Enquanto respondia à mãe, sentou-se na cama:

– O que a senhora acha?

A mãe não lhe respondeu e sentou-se ao seu lado. Esperou um pouco, respirou fundo e perguntou:

– Vai para onde? Posso saber?

Ele não respondeu. Instantes depois, sem falar palavra, levantou-se, abriu a mala e começou, sob os olhos espantados da mãe, a devolver cada peça a seu lugar no guarda-roupa.

A mãe levantou-se, caminhou em sua direção e perguntou, meio desconsolada:

– Filho, e a bagagem, não vai levar?

– Não, mãe, de bagagem levarei apenas um problema. É leve e não ocupa espaço!

A mãe, com um sorriso pálido, comentou, conformada:

– Quando muito dá dor de cabeça!

Enquanto havia dinheiro disponível, Baiá viajou sem destino. Quando os recursos minguaram, vendeu a moto e continuou sua jornada a pé. À medida em que o tempo passava, reduzia o contato com os pais e os amigos que ficaram em sua cidade. Com as pessoas que conhecia pelo caminho, limitava-se a assuntos triviais, o clima, a situação política, a fome, essas coisas. Jamais dava qualquer pista sobre quem era ou o porquê de sua viagem. Até o dia em que conheceu Bartolomeu, morador de rua. Sentiu-se à vontade para lhe falar de suas mazelas, de sua jornada, de sentir-se bola de pingue-pongue sem direção.

Depois de ouvi-lo atentamente, Bartolomeu aconselhou-o a retirar-se do mundo e, para isso, o melhor lugar seria um mosteiro. Baiá retrucou:

– Não sou religioso. De que adianta me refugiar num mosteiro?

– Não se trata de religião. Trata-se de você mesmo. E se quiser resolver, tem um mosteiro aqui pertinho onde você pode ficar o tempo que quiser. Pra ficar sozinho, nada melhor. E a comida é boa. Sempre que posso, vou buscar comida lá. Eles são muito bons.

A sugestão de Bartolomeu surtiu efeito. Baiá, minutos depois de o morador de rua ir embora, levantou-se e foi direto ao mosteiro, no alto do morro, pouco mais de um quilômetro de onde ele estava. E não teve a menor dificuldade em ser recebido. Sem dinheiro para pagar por sua hospedagem, concordaram que ele prestasse serviços gerais.

Difícil sua primeira noite. O dormitório estava às escuras, eram quatro horas da manhã, o sol ainda não havia nascido e o galo cantou. O sino tocou em seguida. Todos se levantaram, exceto Baiá, que continuava em sono profundo. Seu companheiro ao lado o cutucou. Ele abriu os olhos, mexeu o rosto como se estivesse acordando, abraçou o travesseiro, virou-se de lado e voltou a dormir.

O sino tocou pela segunda vez. Baiá continuou dormindo. Alguns já saíam do quarto quando seu companheiro, devidamente vestido e pronto também para sair, foi até a torneira do lavatório, encheu uma tigela de água e jogou-a no rosto de Baiá que acordou em sobressalto.

– Que é isso, cara?

O companheiro colocou o indicador na boca pedindo silêncio e saiu sem responder. Era proibido conversar. Falar, só o necessário. Baiá esquecera essa regra básica, além de detestar levantar cedo. A contragosto, levantou-se apressado, enxugou o rosto, vestiu-se e correu para a sala de meditação. Chegou segundos antes das portas se fecharem!

O dia-a-dia era pesado. Baiá cuidava da horta e baldeava água o dia inteiro. No horário das refeições, lavava a louça e faxinava a cozinha. Cumprida a tarefa, corria para o auditório onde o mestre e administrador do mosteiro pronunciava seus ensinamentos ouvidos em profundo silêncio. Nenhum dos participantes ousava fazer qualquer pergunta ou intervir na fala do mestre. Depois, antes de dormir, o momento relaxante, ainda que curto: a conversa descontraída com os pares.

O tempo foi passando e ele assimilou a disciplina do mosteiro. Não mais encontrava dificuldades para levantar e se acostumara aos horários rígidos.

Sem que ninguém esperasse, uma noite Baiá chegou ao auditório mais cedo, com poucas pessoas presentes, e escolheu uma cadeira bem próxima ao púlpito. Quando o primeiro sino soou, o auditório estava lotado e todos se levantaram. O mestre entrou, reverenciou-os e acomodou-se na poltrona. Soou novo sino e todos se sentaram, exceto Baiá, o único monge laico entre eles. Observaram surpresos seu comportamento estranho e se estupeficaram quando reverenciou o mestre antes de dirigir-lhe a palavra. Esse tipo de contato jamais poderia ser em público, muito menos ali, naquele lugar considerado sagrado. A surpresa explodiu num oh coletivo quando ouviram-no pronunciar em voz alta e cristalina:

– Mestre, como posso obter a resposta?

Era a primeira vez que alguém ousava dirigir-se ao mestre!

Passados alguns instantes, sem que o mestre tirasse os olhos dele, ouviu-lhe a pergunta lacônica:

– Já fez suas tarefas?

– Mestre, quero saber é como obter a resposta...

O mestre insistiu:

– Já fez suas tarefas?

Baiá suspendeu as pálpebras e contorceu os lábios denotando frustração. Reverenciou o mestre e sentou-se. Naquela noite dormiu mal. Levantou-se e andou várias vezes pela cela estreita. Pouco antes do sino tocar, levantou-se, sentou-se em sua mesinha, pegou a caneta e anotou em seu diário:

"Meu pensamento não para. Todos os dias armazenados na memória foram reativados. Em nenhuma das lembranças encontrei algo que tivesse deixado de fazer. Já fez suas tarefas? Que porra de pergunta é essa? Que tarefas são essas?"

Fechou o diário, trocou de roupa e foi para a sala de meditação, onde esperou terminarem o café da manhã, para dirigir-se à cozinha e cumprir sua tarefa. Enquanto varria a cozinha começou a suar. Apoiou-se na mesa e sentou-se. Respirou várias vezes até melhorar e voltou ao trabalho. Ao terminar, guardou a vassoura, colocou os panos de pratos e toalhas para secar e saiu a passear pela montanha.

Seus olhos começaram a coçar e ele parou. A coceira aumentou e ele friccionou-os com os dedos nervosamente, como que desesperado. Com a coceira diminuída, olhou o horizonte e sussurrou, meio amedrontado:

– Caramba, estou vendo tudo embaralhado!

Forçou a vista, girou a cabeça à procura de novos ângulos:

– Deve ser por causa do cansaço. Dormi mal à noite.

Continuou subindo o pequeno aclive que terminava no topo da montanha, entreabrindo os olhos como para enxergar melhor. Parou, voltou a olhar ao redor e, depois de algumas tentativas, lastimou:

– Estou piorando. Daqui a pouco não enxergarei o caminho. Vou voltar.

Ofegante, acelerou o passo prestando atenção na trilha, visivelmente preocupado. Ao chegar ao mosteiro, foi direto para a enfermaria onde se constatou a gravidade de sua situação. No dia seguinte, o médico consultado não conseguiu explicar a perda de visão, mas confirmou que era irreversível, provável doença degenerativa. E por ser uma doença degenerativa, não conseguia entender como a visão de perto de Baiá não foi afetada.

No dia seguinte, voltou ao trabalho. Foi uma experiência difícil. Seus olhos não lhe permitiam perceber a diferença dos objetos, especialmente a dos pequenos, e a sua terceira dimensão parecia prejudicada, pois, cada vez que depositava um objeto na beira de uma mesa, por exemplo, ele o colocava no vazio. Os monges, vendo-lhe a dificuldade, tentavam se solidarizar, mas não sabiam como. Falar não podiam, então, qualquer palavra de conforto estava descartada. Muito menos executar lhe o trabalho que, apesar de simples, demandava o que eles não tinham, tempo.

Mesmo com dificuldades, Baiá trabalhou em suas atividades até o dia em que sua visão piorou a tal ponto que só enxergava os objetos cerca de 50, 60 centímetros. O monge superior o liberou de qualquer atividade e Baiá, aproveitando-se de sua visão de perto, passou a frequentar a biblioteca.

Logo no primeiro dia surpreendeu-se ao abrir um livro. Aproximando-o do rosto percebeu sua visão tornar-se cristalina ao ler as palavras impressas. Baiá estava cego para o mundo, não para os livros.

Com enorme tempo livre, Baiá passou a dividi-lo entre a sala de meditação, a biblioteca e as palestras do mestre. Com a idade avançando, as dores na coluna levaram-no a abandonar a biblioteca, que já não lhe fazia falta. Acumulara um enorme volume de conhecimento a tal ponto que se desinteressou pelas palestras. Trocou-as pela meditação.

Meditava dia e noite, ou em sua cela, sobre o tatame quando sentia dores nas costas, ou na sala de meditação, quando se sentia bem.

Num final de tarde, entrou no auditório ao bater do primeiro sino e sentou-se no lugar que ocupara anos atrás. Os mais velhos se entreolharam como a rememorar o dia em que Baiá interpelou o mestre. Um ou outro se mexeu inquieto olhando-o. Ao soar o último sino todos se levantaram, reverenciaram o mestre, já acomodado em sua poltrona, e sentaram-se, exceto Baiá.

Os mais novos surpreenderam-se. Alguns descontrolaram-se emitindo tímidos ohs. Os que presenciaram a cena anos atrás, mais velhos e mais acostumados à rotina do silêncio, permaneceram impassíveis. Os ohs voaram incontroláveis quando os monges ouviram Baiá perguntar diretamente ao mestre:

– Como alcançar a resposta?

O mestre aguardou o barulho cessar, pegou uma garrafa de Coca-Cola sob a mesinha à sua frente e apontou-a para Baiá.

O sorriso foi-lhe imediato. Seus olhos pareceram vivificar, ganharam um brilho diferente e sua pele rejuvenesceu. Reverenciou o mestre e sentou-se na cadeira com cara de criança que ganhou um doce e ouviu a palestra até o fim. Depois saiu em direção à trilha. Durante a caminhada, sob a luz do luar, uma coruja alçou voo do alto da velha montanha, iluminada.

JOHN CAGE

para Janete El Hauli

No ar, o chiado intermitente do rádio e o frigir da panela de pressão.

O chiado vinha da sala, uma sala pequena, modesta. Na parede divisória com a cozinha, um jogo de jantar; do lado oposto, uma mesinha com um rádio velho e um banquinho, onde Júlio se sentava, de costas para a porta da cozinha, para ouvir seu programa favorito. Na cozinha ao lado, dona Idalina tirava a panela de pressão do fogo e se preparava para fritar os ovos. Mesmo concentrada nos afazeres culinários, seus ouvidos estavam atentos aos murmúrios do filho que, com os dedos em desassossego, girava o botão do rádio. Com o rosto contraído, girou e girou o botão. Começou a murmurar. Bufou. Bramiu.

– Porra, não funciona. Que merda!

Da cozinha, a mãe reclamou:

– Que foi, Júlio, falando sozinho de novo?

– Não, mãe, tô reclamando do rádio. Tá uma porcaria. Não dá para ouvir nada.

Dona Idalina apagou o fogo, tirou o ovo da frigideira e colocou-o na tigela. Sua cabeça movimentava-se lentamente para um lado e para o outro, com um sorrisinho nos lábios, como se dissesse, “esse menino não tem jeito, sempre nervosinho”. Limpando as mãos no avental, dirigiu-se à sala.

– Que foi, meu filho?

– Mãe, essa porcaria não funciona.

– Não é o rádio não, filho, é a antena que está estragada. Precisa ser consertada.

Levantou-se, caminhando em direção à mãe:

– Antena estragada?! A senhora ainda não acordou pro século 21!

– Endoidou? Esse rádio era do seu avô, menino. Nem sei como ainda funciona!

Ele olhou surpreso para o aparelho. Fizera tantas modificações que esquecera do quanto era antigo, da época dos aparelhos de rádio funcionarem à base de válvula. Realmente, era muito velho. Como lhe dissera a mãe, pertencera ao avô quando este era jovem, nos anos 1950!

Meneou a cabeça e choramingou:

– Mas eu dei uma ajeitada nele, mãe. Não faz tempo.

Em sinal de indiferença, a mãe ergueu os ombros e comentou:

– Então... não sei o que está acontecendo. No meu tempo, quando o rádio não pegava, era por causa da antena. Mas, vem almoçar. A comida está na mesa e vai esfriar. Além disso, você já está atrasado.

Júlio consentiu, mas antes arrumaria o material de trabalho. Sua mente estava excitada e sua boca resmungava baixinho: "minha mãe não tem jeito mesmo. Ela sabe que eu adoro ouvir esse programa. Ele me tranquiliza e agora essa, ter que almoçar e perder parte do programa. Se desse ao menos para ligar o rádio do carro, mas não. Só funciona com o carro ligado e, além do mais, não dá pra ouvir nada daqui. Que merda! Caramba! Tenho que ficar bem calmo. Vou fechar um ótimo negócio. Com esse dinheiro resolvo minha vida e dá até pra casar com a Gina. Ela deve estar tão ansiosa quanto eu. Tenho que almoçar e ir para o escritório. Ela já deve estar lá. E o cara é foda, duro de negócio, mas vou convencê-lo, ah, se vou, e não abro mão do valor. Ele terá que aceitar. Porra, e meu irmão? Ia me pagar hoje e não apareceu até agora". Interrompeu seus resmungos para perguntar à mãe em voz alta, enquanto fechava sua pasta de trabalho:

– Mãe, o Nicolau apareceu aqui, ou ao menos telefonou?

Dona Idalina, enxugando as mãos num pano de prato, reapareceu na sala para responder ao filho:

– Não, filho, ele não veio. Seu irmão ligou e disse que depois fala com você. Agora vem almoçar e deixa esse rádio de lado.

– Mãe, já deixei – falou meio impaciente –, só que perdi parte do programa, o que mais gosto.

A mãe, com o rosto de quem descobriu a América, disse-lhe:

– Por que você não ouve pelo computador?

– Não dá. Meus computadores bloqueiam.

– Ué! Você que gosta de ser tão moderno, fica aí perdendo tempo com essa radiola.

– Ah, mãe, não vou perder tempo explicando. É uma

questão de focar no trabalho, trabalhar sem interrupções, entende?

A mãe deu de ombros e se dirigiram à cozinha. Júlio voltou a reclamar do irmão:

– Mãe, o Nicolau é um sacana. Ele disse que hoje, sem falta, me pagaria e até agora nada. Por que ele não me ligou?

Dona Idalina, sentando-se à mesa com os pratos já servidos, justificou o filho criticado:

– Cê num soube, não? O sogro foi hospitalizado e ele tá lá, dando apoio pra mulher.

– Mãe, compromisso é compromisso. Ele deveria me pagar hoje.

– Júlio, pelo amor de Deus! Não seja maldoso. Seu irmão está ajudando a mulher. Se coloque no lugar dela, tá desesperada com medo de perder o pai.

– É, mas ele sabe que eu preciso desse dinheiro... – mastigou poucas vezes e reclamou – Mãe, essa comida tá muito quente.

– Claro que está quente, foi feita no fogo – balançou a cabeça e ironizou –, onde já se viu comer macarronada fria!

– É, mas desse jeito, até a comida esfriar e eu comer, me atraso. E tenho um monte de contas pra pagar. Não devia ter emprestado dinheiro pra ele, não é a primeira vez que ele me apronta. E além disso...

– Filho, calma! Desse jeito a comida vai te fazer mal. Vê se pelo menos mastiga.

Júlio engoliu a comida mal mastigada e, antes de dar nova garfada, falou:

– Tô com pressa. E não posso chegar atrasado. Hoje fecho

um negócio milionário e – colocou a comida na boca e continuou, entre mordidas, a falar – aí dá pra reformar essa casa, comprar uma pra mim e pra Gina e viver bem. Com esse dinheiro aumento o escritório, contrato gente e faturo ainda mais. E se o Nicolau precisar de dinheiro, se depender de mim, vai direto pra rua da amargura.

– Não seja maldoso com seu irmão. E não gaste o dinheiro antes de fechar o negócio.

– Ah, mãe, não sou criança. Só estou confiante. Estou pra fechar esse negócio há mais de um mês e, agora, finalmente, vai dar certo.

Engoliu a comida, afastou o prato de macarrão quase intacto e se levantou. A mãe espantou-se:

– Ei, aonde você vai? Nem terminou de comer?! – Não dá tempo mãe. Além do quê, preciso ouvir o programa que já está pra terminar. É a única coisa que me acalma. Quero chegar tranquilo no escritório. Hoje é o dia!

– Não vai nem escovar os dentes?!

– Não dá tempo. Escovo no escritório.

Pegou o paletó, a pasta de trabalho sobre a mesa da sala e saiu para a garagem.

Entrou no carro e ligou o rádio.

– Merda, sempre esqueço que essa porcaria só funciona com o carro ligado. – girou a chave do carro. O motor fez barulho e morreu – Merda, merda, merda. Só falta agora essa porcaria não funcionar e ter que pegar um táxi. Gasto grana, perco o programa e corro risco de chegar atrasado. Caramba! Funciona, funciona – girou novamente a ignição, ouviu-se o ronco do motor. Ligou o rádio e começou a dar marcha à ré. Brecou ao ouvir o grito de dona Idalina:

– Cuidado!

– Que foi, mãe?

– Você tá maluco? O portão tá fechado!

– Merda! Agora essa! Preciso ficar ligado senão faço besteira – abriu a porta, mas foi interrompido pela mãe:

– Deixe que eu abro. Desse jeito você sofre algum acidente. Tome tento, menino!

Enquanto a mãe abria o portão da garagem, ele sintonizou sua emissora preferida. Deu um sorriso. Perdera pouca coisa do programa e teria tempo de ouvir o restante até chegar ao escritório. Pôs o carro em movimento e, antes de virar a esquina, percebeu que a emissora estava fora do ar. Girou o botão para a direita, a emissora estava no ar. Voltou o botão para a esquerda, sua emissora estava muda. Deu novo giro à esquerda, a emissora estava no ar. Voltou a girar à direita, sua emissora continuava muda. Começou a falar consigo mesmo, enquanto aumentava a velocidade do carro:

– Meu Deus! O que está acontecendo? Tá um silêncio de morte nessa rádio! – inclinou um pouco o corpo e girou o botão apenas para constatar que todas as emissoras estavam no ar, menos a dele. Com os olhos fixos no aparelho, não percebeu ter saído da pista. Um carro, em direção contrária, buzinou. Assustado, numa manobra brusca, desviou-se da colisão quase inevitável – Caramba, dessa vez foi por pouco! Que tá acontecendo com esse rádio? – Bateu no aparelho – Será que tá com defeito? – Olhou o relógio – O programa deve estar terminando e essa merda com defeito! Só pode ser defeito. Será que a Gina já está no escritório? Preciso ligar pra ela e mandar preparar o café para o nosso cliente. Merda, não tá funcionando mesmo – Bateu novamente no aparelho. Girou o botão. Sintonizava todas as emissoras, menos a escolhida. – Não é possível, deve ser problema da estação. Tenho que ligar pra eles – procurou o telefone celular no bolso –. Com esse dinheiro arrumo minha vida. Pago todas as dívidas e sobra muito, muito. E o puto do Nicolau vai ver só. Nunca mais empresto dinheiro pra ele – procurou o telefone da emissora na agenda do celular –. Ele vai ver só – apertou a tecla para completar a ligação. O carro diminuiu a velocidade –. E vem minha mãe dizer que ele tá cuidando do sogro. Cuidando do sogro uma ova! – o telefone da emissora deu sinal de ocupado –. Claro que tá ocupado, tem um monte de gente reclamando. Com certeza, é falha deles. Algum problema técnico. Essas emissoras universitárias são assim mesmo: equipamentos velhos, poucos funcionários. Mas, em compensação, tem esse programa. Pena que é na hora do almoço e só dá pra ouvir... – o carro de trás buzinou insistente. Ele pôs o braço para fora e gritou – Tá com pressa, passa logo, saco! – voltou a colocar a mão no volante e manobrou o carro para a direita, dando passagem ao reclamante que gritou:

– Barbeiro!

Mais ofendido do que nunca, Júlio voltou a colocar a mão esquerda pra fora do carro, desenhou o movimento de um voo e gritou:

– Tá com pressa, passa por cima!

Recolocou a mão no volante, ajeitou-se no banco, pegou o

celular e voltou a ligar para a emissora. Resmungou:

– Saco, continua ocupado!

Jogou o telefone no banco de passageiro e mexeu no dial. As outras emissoras continuavam no ar, menos a dele.

– Não é possível! Daqui a pouco o programa acaba. Que merda! – e começou a gritar – Merda! Merda!

Apanhou o telefone e, de novo, ligou para a emissora. Exalou um ufa de alívio. Ouvia o som da chamada do outro lado da linha. Mas não percebera ter atravessado o semáforo e ter sido visto pelo guarda de trânsito, que o parou. Que azar, justo agora que falaria com a emissora. Parou o carro, irritado, bateu a mão no volante, abriu a janela do carro e esperou.

O policial aproximou-se.

– Por favor, seus documentos.

Enquanto procurava no bolso do paletó, jogado no banco de trás do carro, ouviu a pergunta do policial:

– Sabe o que o senhor fez?

Ele tirou os documentos do paletó, entregou-os e respondeu:

– Não!

As mãos de Júlio suavam e ele se inquietava. Sua esperança era não ter sido visto com o telefone nas mãos. Sua situação estava delicada, pois praticara muitas infrações de trânsito e sua carteira, com novas multas, poderia ser suspensa. O corpo tenso logo foi percebido pelo guarda:

– Tá nervoso?

– Não, não. Só preocupado. Problemas com o trabalho – mentiu sem notar a indiferença do guarda que checava sua carteira de motorista.

Examinado os documentos, o policial tirou o bloco do bolso da calça e emitiu uma multa. Depois, entregou-a para Júlio, junto com a habilitação, e lhe disse:

– São três infrações.

Júlio deu um sobressalto:

– Três? – gaguejou – Como assim?

O guarda, que parecia deliciar-se com o espanto do rapaz, pronunciou-as devagar e sorridente:

– Ultrapassou o sinal vermelho, aquele ali – apontou o indicador para o semáforo –, entrou nesta via pela contramão e usou o celular – fez uma pausa e continuou – Assim vai perder a carteira. Cuidado! – Pousou de leve os dedos sobre o quepe, como quem diz, "foi um prazer atendê-lo", e foi embora.

Júlio, estarrecido, guardou os documentos, ligou o carro e saiu devagar. Dessa vez, não resmungava. Os olhos arregalados. A boca semiaberta, mas muda. Estava por demais espantado consigo mesmo para balbuciar qualquer palavra. Cometeu três infrações que podiam lhe custar a perda da carteira. E tudo pela ansiedade em sintonizar sua rádio preferida. Como não pôde ver que estava na contramão? Nem o semáforo? Bem, o celular foi azar.

Parou o carro defronte à Praça da Matriz, sentou-se num banco e acendeu um cigarro. Ficou em silêncio enquanto fumava, depois, pegou o celular e ligou para a emissora.

– Ah, alô, é da Rádio Universitária? Olha, vocês devem estar com algum problema técnico, a emissora estava fora do ar até agora pouco.

– Não, senhor, não temos nenhum problema técnico. Estamos funcionando normalmente.

– Como?! Estava um silêncio só. Não se ouvia nada!

A telefonista deu um sorrisinho, percebido por Júlio, e respondeu:

– Isto é John Cage, senhor!

– Você está é me gozando. Isso é brincadeira.

– Não, senhor. Várias pessoas já...

Mas ela não concluiu seu discurso. Sua voz tornou-se inaudível e o sinal caiu, interrompendo a chamada. Júlio, desconsolado, colocou o telefone no bolso e começou a reclamar, em voz baixa, como sempre:

– Só pode ser brincadeira. Isto é John Cage! Eles estão com problema e não querem assumir. Isso é sacanagem. Vou ligar de novo. Ah, e dessa vez não vou perdoar não, reclamo com a diretoria e esse técnico perde o emprego, ah, se perde.

Consultou o celular. Sem sinal. Decidiu ir embora e ligar mais tarde. O certo é que não deixaria isso passar em branco. Estacionou o carro nas proximidades do prédio onde trabalhava e, antes de descer, pegou o telefone pousado no banco do passageiro. Estava para guardá-lo no bolso, mas desistiu. Acomodou-se e ligou para a emissora:

– Olha, liguei agora há pouco, falei com outra pessoa, não foi com a senhora não, reclamando que a emissora estava fora do ar.

– Fora do ar? Sei não. Comecei a trabalhar agora e não soube de nenhum problema técnico. Vou consultar meu superior, um minuto, por favor.

Ela não demorou para voltar:

– Alô, senhor, desculpe a demora. Não tivemos nenhum problema não, foi o John Cage, senhor...

A voz ardida de Júlio interrompeu-a:

– Você está gozando de minha cara. Isto é John Cage – pronunciou irônico, depois reassumiu a firmeza na voz. – Olhe aqui, senhora, ouço esse programa todos os dias e isso nunca aconteceu. Não me venha com gozação – e voltou a falar em tom de deboche – Isto é John Cage. Isto é problema técnico, isso sim, porque meu aparelho estava mais do que normal, todas as outras emissoras funcionavam, menos a de vocês.

– Senhor, já lhe disse, não é problema técnico. É por causa do John Cage e da música dele, sem som.

– Senhora, se continuar me gozando, reclamarei pra diretoria e a senhora perderá o emprego.

– Se quiser, posso transferi-lo agora, quer?

– Vocês são mesmo cara de pau. Vão perder um ouvinte – e desligou o telefone. Passou um tempo sentado, com o olhar perdido no horizonte. Lembrou-se de sua alegria, anos atrás, quando um amigo lhe falou daquele programa na rádio universitária, o único que tocava as músicas clássicas e contemporâneas de que ele gostava, mas eram de difícil acesso. Gravações delas eram caríssimas e só as encontrava raramente nas lojas da capital. Aquele programa era sua garantia de ouvir boas músicas, mas, agora, pela primeira vez, o tinha perdido. Era viciado. Quando viajava, pedia para algum amigo gravá-lo, já que o programa não estava disponível na internet. Súbito, interrompeu seus pensamentos, meneou a cabeça e espreguiçou o corpo. Acionou a partida do carro e ligou o rádio. Para sua surpresa, a última música do programa terminava e ele ouviu atento a locutora:

– Encerramos o programa de hoje dedicado a John Cage, em especial à sua composição "Quatro minutos e trinta e três segundos", com a participação dos...

Júlio começou a rir. Desligou o rádio, tirou a chave do contato, pegou sua pasta, guardou o celular no bolso e saiu.

O BEIJO[1]

1 Publicado originalmente na Revista de Literatura e Arte Laranja Original. Vol.5 no. 6. São Paulo, 2022.

Como faço todos os dias depois do almoço, sento-me no banco da praça, perto do escritório, e leio o jornal. Pouco me importo com o burburinho das pessoas que passam pela minha frente. Estar ali, fora do ambiente de trabalho nos meus últimos quinze minutos de folga, relaxa-me o espírito e me dá a tranquilidade necessária para acompanhar o noticiário político e saber das últimas novidades culturais. As demais seções do jornal as descarto na lixeira ao lado da banca do Márcio, antes do almoço.

Nesses quinze minutos, nunca me havia acontecido nada de extraordinário, até o dia em que no mesmo banco, embaixo da mesma árvore, com a mesma indiferença ao movimento das pessoas, eu procurava no jornal algum filme para assistir no final de semana. Era a forma que encontrava para preencher o vazio. Morava havia poucos meses na cidade e não conhecia ninguém. Compensava a solidão com cinema. Ao virar a página, aproximando as duas mãos para reabrir o jornal, meus olhos deram direto nela, toda vestida de branco, bamboleando pela calçada. Minha cabeça deu um branco. A expressão pode até ser gasta, mas que o corpo era escultural, ah, se era! Foi o primeiro pensamento que tive. Não havia outro termo. Ainda que os democráticos raios solares se distribuíssem igualmente a todos, eles a iluminavam de forma diferente. Fiquei fascinado. Minhas mãos seguravam o jornal suspenso no ar. Meu único movimento era o dos olhos que a acompanhavam.

Ela estava a menos de cinquenta metros. Seus pés flutuavam sobre o tapete de folhas dos manacás e ipês que cobria a calçada... Em minha direção. À medida que se aproximava, ficava claro que a beleza do corpo não era menor que a beleza do rosto arredondado, com bochechas delicadas, um nariz levemente arrebitado entre os olhos negros, vívidos, com sobrancelhas grossas e bem delineadas. Ela chegava cada vez mais perto. Eu continuava parado, extático, observando seu vestido todo branco, esvoaçando ao vento de outono, com um decote discreto cobrindo-lhe os seios. Seus longos cabelos negros distribuíam-se em parte do rosto, dando-lhe um ar vampe. Ela estava mais perto. Vi seus pés que me lembraram as broas feitas pela minha avó, bem desenhadas e fofinhas. Uma sensação de opressão percorreu-me o peito, senti falta de ar e, ao mesmo tempo, um desejo enorme, carnal, de tocar naquele corpo, de beijá-lo. Minha cabeça movimentava-se apenas o suficiente para lhe acompanhar. A poucos metros, já bem pertinho, olhou-me.

Fiquei abobalhado. Só tinha que fazer uma única coisa diante daquele olhar, ir atrás dela, trocar números telefônicos, convidá-la para jantar, enfim, fazer qualquer coisa para saciar aquele desejo repentino. Mas, em vez disso, agachei-me para pegar o jornal que deixei cair quando ela me olhou, mas, ao levantar-me, ela havia desaparecido. Olhei o relógio. Tinha ainda cinco minutos, daria tempo de encontrá-la, pois não poderia estar longe. Joguei o jornal na lixeira e caminhei a passos largos na mesma direção. Subi em um banco para ter melhor visibilidade e perscrutei pessoa por pessoa, mas tudo em vão. Eu a tinha perdido de vista!

Desesperei-me. Com o coração apertado, procurei-a por boa parte da praça. Acabei por desistir. Não a conhecia, não tinha qualquer referência dela, nenhum sinal, nada! Onde procurá-la? A única certeza: ela deu um sorriso insinuante ao me olhar. Era a prova de que havia surgido algum clima entre nós. Tesão à primeira vista!

À noite, não consegui dormir. Em minha cabeça, ela caminhava pela praça, me olhava, sorria, me beijava e eu sentia sua língua percorrer meu corpo. E eu via seus pezinhos feito broas. Na madrugada, meu tesão era tanto que não resisti e me masturbei. Tomei um banho e voltei para a cama, mas ela não me abandonou e voltei a masturbar-me. Trabalhei no dia seguinte feito trapo.

O tempo passou, mas a angústia não. A concentração no trabalho ficava cada dia mais difícil. Ela se movimentava em minha cabeça, me enlouquecia! Despertavam-me pensamentos diversos. Fiquei imaginando como seria nosso primeiro encontro, o que eu diria para conquistá-la e como seria, finalmente, o beijo tão desejado!

Na tela do computador, o falso branco piscava enquanto a planilha aguardava a entrada de novos dados, mas eu permanecia estático, só pensava nela! Percebia que meus colegas de trabalho comentavam sobre meu comportamento estranho, sobre minha baixa produtividade e meu olhar perdido, de gente apaixonada, mas profundamente triste. Ouvia as fofocas, mas não dava a menor importância. O que me interessavam as opiniões alheias se tudo o que queria era estar com ela? Tinha certeza, assim que a encontrasse, de que seríamos felizes juntos, para sempre. Mas, quando a encontraria?

Ontem, no fim do expediente, decidi: voltar para casa, nem pensar! Era horrível ir para casa depois de terminado o trabalho, sem ter o que fazer, a não ser ficar sozinho, com ela na cabeça. Pura angústia. Não aguentava mais. A única saída, a cura para minha dor, seria encontrá-la, declarar-lhe meu amor. Até poderia me dizer não. Tudo bem. Ao menos seria uma coisa concreta. Seria uma recusa real, diferente do que se passava em minha cabeça, um tesão misturado com amor imaginário. Não, não iria para casa, iria para o bar, junto com os colegas, beber, encher a cara. Esquecer.

O bar não era o melhor do bairro, mas tinha duas vantagens, ao menos para mim. A primeira é que servia bebidas de boa qualidade a um preço razoável, perto de seus concorrentes e, a segunda, a melhor, lá não haveria qualquer som, nem muito menos música ao vivo, o que nos permitiria conversar sem ter que berrar. Se bem que, no meu estado, o melhor seria um local intensamente barulhento. Distrairia minha cabeça desbaratada por aquela mulher e não teria que me preocupar com as futilidades de meus colegas de trabalho, ainda assim, preferível à aridez de meu apartamento. Mas, sabia, se estivesse sozinho ela não me sairia da cabeça, então, a companhia dos colegas de trabalho ajudariam. Bebi vários uísques. Na primeira dose, conversamos sobre os problemas da empresa, a chatice do chefe, a falta de comunicação e os baixos salários, papos usuais em todo *happy hour*. Na segunda, os temas variaram entre a crise política do país e as possíveis soluções que cada um de nós, ali, naquela mesa, tínhamos como corretas e salvadoras da pátria. Na terceira, o assunto passou a ser exclusivamente as mulheres e os problemas que elas nos acarretam.

Chamei o garçom e pedi uma quarta dose. Carlos, sentado ao meu lado, começou a contar histórias malucas sobre uma mulher misteriosa, vestida de branco que enlouquecia quem por ela se apaixonasse. Ainda que minha cabeça estivesse confusa por causa da bebida, chamou-me a atenção a semelhança entre a mulher da história e a que eu vira na praça há poucos dias. A diferença era que, segundo Carlos, ela carregava uma espécie de maldição, azarava quem caísse em suas garras.

Minha curiosidade aumentou apesar de achar incrível que alguém acreditasse numa história daquelas. Mas me espantava mesmo era essa coincidência, essa semelhança entre as duas, a que eu vira na praça e a da história. Pedi-lhe mais informações.

– Normalmente ela está de branco, veste roupas sedutoras e tem um corpo de primeira. O problema é o olhar dela. Não pode olhar nos olhos. Olhou, dançou. Ela enfeitiça. O cara fica desesperado. Não pensa em outra coisa. Aí ela aparece, o cara fica feliz porque ela lhe dá um beijo daqueles e aí ele pira, se mata, some. Parece uma maldição!

Engrolando ainda mais as palavras pelo efeito do uísque, mas completamente curioso pela coincidência – eu só não tinha recebido o beijo –, questionei como saber se uma personagem dessas seria verdadeira. Ele não hesitou:

– Eu cheguei a vê-la junto de um amigo. Felizmente ela não me viu. Ele, depois disso, morreu. Já perdi três outros amigos que estiveram com ela!

Não sei se foi a força com a qual ele pronunciou suas palavras, ou se foi algum medo que senti, sei apenas que o efeito da bebedeira passou rapidinho. Surpreso, lembrei-me de Cazuza, aquele cara tinha visto a morte e ela estava viva! Não, não, não, não quero esse tipo de beijo.

*

Acordei cedo e bem. Nossa, até meu peito se recuperou, sumiu a sensação de vazio! Que coisa! Como pôde sumir assim, de uma hora para outra, um amor tão angustiante, um tesão tão insuportável? Resolvi fazer um café e fumar um cigarro.

Coloquei água no fogo e fui abrir a janela. Santo Deus! Adivinhe quem eu vi?! Olhei para baixo e lá estava ela cruzando a rua. Ela também me viu! E, o mais estranho, tive a sensação de ela estar vindo para meu apartamento! Mas é uma intuição boba. Como viria para cá, a gente nem se conhece?! Ela estar na rua, na hora em que abri a janela, foi só uma coincidência.

A campainha tocou!

"Abri a porta e ela parada, esperando-me. Antes que fosse capaz de esboçar qualquer reação ela entrou olhando fixo em meus olhos até nossos lábios se tocarem e nossas roupas se espalharem pelo chão da sala onde nos deliciamos. Nunca em minha vida tive tantos orgasmos com uma mesma mulher como tive com essa. Antes de sair, ela disse que voltaria e ficaríamos juntos para sempre!

Ha, ha, ha, ha. Essa mulher é maravilhosa. E uma ova que o beijo dela é amaldiçoado! É uma delícia!"

Estava exultante. Tinha vontade de gritar para todo mundo ouvir que estava apaixonado, que havia encontrado a mulher da minha vida. Ela voltaria e eu mostraria para aquele babaca do Carlos que seu beijo não tinha nada de amaldiçoado, nem é de morte, é de vida, de tesão! Beijo gostoso, seu babaca, e que sabe fazer amor como nunca vi antes!

Estranho, sinto que meu corpo está desaparecen

DOIS MOTOQUEIROS E UM SEQUESTRO[1]

1 Publicado originalmente no Correio das Artes, Suplemento Literário do Jornal *A União*. João Pessoa, PB: Abril, 2023.Ano LLXXIV – No. 2.

Com a chegada do carro, Sérgio e Márcia despediram-se do casal de amigos e saíram. Sérgio abriu a porta para a mulher e deu a volta. Márcia sentou-se no banco. Acenou para a amiga, antes que ela fechasse o portão, e ajustou o cinto de segurança. À frente, na esquina, surgiram dois motoqueiros que o motorista do aplicativo viu e se amedrontou. Quando um deles empinou a moto, ele vociferou:

– Esses dois são assaltantes. Ou sequestradores. Temos que sair daqui – e pisou no acelerador, mas parou diante da zanga da mulher:

– Ei, meu marido! Você é louco?! Vai abandonar meu marido?

Estava prestes a alcançar a maçaneta da porta quando o carro andou e parou. Sérgio, sarapantado, jogou cabeça e peito para trás. – Caramba! O que está acontecendo? Mais alguns passos e entraria no carro, pensou, e esticou o braço em direção à porta. Não conseguiu. Suas mãos pararam no ar e o veículo saiu em disparada. Na esperança de que ele parasse, correu, mas aconteceu o contrário, o automóvel desapareceu no cruzamento da esquina. Ergueu os braços, gritou pelo motorista, balançou a cabeça e nada. Cofiou o queixo, pensativo, preocupado com a mulher. Seria um sequestro? O cara, um serial killer? Como saber?

Os motoqueiros que se divertiam comentando a brincadeira de empinar moto, pararam na frente de Sérgio.

No interior do carro, sem deixar de gritar com o motorista, Márcia olhou pela janela e tomou um susto ao ver, antes do veículo virar a esquina, os dois motoqueiros pararem junto ao marido. Seus gritos angustiados revelavam-se inócuos. Eram encobertos pelo som do carro, a ganhar velocidade, e pela indiferença do motorista, a medrar em moto contínuo seu próprio medo:

– Não paro mesmo. Esses caras são bandidos. Assaltantes. Sequestram pessoas, sabe?

– Pare esse carro já! Você abandonou meu marido, seu puto. Cretino. Pare esse carro.

– Cê tá maluca?! Não vou correr riscos por causa de seu marido.

Foi o bastante para Márcia bater-lhe na cabeça com a bolsa enquanto repetia "pare esse carro". Para defender-se da mulher, o motorista reduziu a velocidade e voltou o rosto para trás. Antes de pronunciar a primeira palavra, recebeu novo golpe, dessa vez no rosto. Aprumou-se ao volante, soltou o cinto de segurança, olhou pelos retrovisores e, em alta velocidade, ultrapassou o carro à frente.

Lágrimas raivosas acompanhavam os gritos de Márcia cuja fúria se revelava na força das bolsadas. Ela soltou-se do cinto de segurança, aproximou-se do banco do motorista e deu-lhe um soco na cabeça.

Prestes a fazer a curva para entrar na próxima rua, o motorista estonteou e soltou as mãos da direção. O carro bateu num poste. Márcia, sem o cinto de segurança, projetou-se sobre o banco de passageiros, mas salvou-se pelo airbag. Mesma sorte não teve o motorista. O dele não funcionou e ele foi expelido para fora do carro.

Ainda que sem ferimentos, Márcia desmaiou e só acordou na ambulância. Ergueu a cabeça, olhou em volta e viu uma jovem enfermeira ao seu lado na maca. Murmurou-lhe:

– Onde estou?

– Numa ambulância, a caminho do hospital. Você está bem? Alguma dor? Sensação esquisita?

– Estou bem, só com uma certa tontura. O que aconteceu?

– Você não lembra? Qual a última coisa que lembra?

– De estar num carro, ouvir uma batida. Só.

– Você teve sorte, a sorte de seu airbag funcionar.

– E o motorista?

– Não teve a mesma sorte. Mas está vivo, fique tranquila.

– Meu marido. Meu marido, preciso telefonar. Onde está minha bolsa?

– Calma! Você telefona no hospital.

– Hospital? Terei que ficar no hospital?

– Não. Fará alguns exames, para checar se tem alguma sequela. Aí você está liberada, não sem antes dar seu depoimento aos investigadores. É praxe, só é chato. Mas, se tiver pouca gente, atendem rápido.

Assim que chegou ao hospital, Márcia abriu a bolsa para pegar o telefone e sarapantou-se. Como Sérgio entraria em contato? O celular dele, e também sua carteira, com cartões de crédito e dinheiro, estavam com ela! Como iria para casa? E se aqueles motoqueiros fossem sequestradores e o motorista tivesse razão?

Desassossegados, os dedos de Márcia digitaram o telefone de Roberto, o único capaz de dar alguma informação útil. Sérgio estaria lá? Márcia, nessas situações, onde a angústia e as expectativas apareciam fortes, sempre se lembrava do conselho do pai: não criar ilusões, fantasias a partir de coisas que ainda não aconteceram. Mas, lembrar do pai não resolveu sua angústia.

Depois que os amigos se despediram, Roberto convidou a mulher para a última taça de vinho antes de irem para a cama. Apesar de sonolenta, Catarina concordou e foram para a sala. Roberto, enquanto servia o vinho, comentou:

– Como as pessoas mudam, Catarina! O Sérgio de hoje não é o que conheci da época do ginásio. Quem te viu e quem te vê!

Aguçada a curiosidade, a sonolência de Catarina desapareceu. Aprumou-se na cadeira e incitou o marido:

– Sério, Roberto? Como ele era? Muito rebelde?

– Nem te conto. Ele aprontou e muito. Apesar das loucuras, um grande amigo.

Vivemos muitas histórias juntos.

– Conte uma, sem exagerar – e riu.

Roberto desconsiderou o riso. Para a mulher, suas histórias eram fantasiosas e exageradas. Ele se defendia: "mas o público se envolve", dizia e se calava. Nada havia a dizer, pois, contador de histórias profissional que era, as observações da mulher lhe soavam como elogio.

Roberto ergueu a taça de vinho:

– Catarina, que alegria reencontrar esse amigo de muitos anos – bateu a taça na da mulher –. Um brinde a ele.

– A ela também, machão! — brincalhou um sorriso e bebeu do vinho.

– Ela eu conheço há pouco, ele não, se defendeu meio sem graça.

Catarina deixou o assunto de lado:

– Afinal, como era o Sérgio?

– Ainda bem que ele não nos ouve – deu um sorriso –. Acredito que ficaria bravo da gente relembrar seu passado. Mas aconteceu né?! Fazer o quê?

– Nossa, que demora para contar a história. Tô te estranhando.

Roberto se inquietou na cadeira, bebeu um gole, se ajeitou novamente:

– Falar do passado me incomoda. Ainda mais quando envolve pessoas queridas, como o Sérgio.

– Nossa, Roberto, você está me assustando! O que ele fez de tão grave, para você falar assim, com esse ar sério?

– Ele se aproveitou de uma notícia de jornal e mentiu.

– Ah, Roberto, você está brincando, né? A coisa séria que ele fez foi mentir?!

– Foi e foi séria, muito séria. Muita gente saiu machucada. Olha que loucura, um rapaz de dezessete anos, a mesma idade de Sérgio à época, sofreu um acidente e foi jogado para fora do carro no viaduto. Pensaram que ele tivesse morrido. Quem sobreviveria a uma queda daquela? Mas não encontraram o corpo. O mistério do desaparecimento virou notícia e seu nome saiu nos jornais. Era homônimo do Sérgio, acredita? Também era parecido com a foto publicada do rapaz e ele se aproveitou disso.

– Para se fingir de morto?

– E enganou todo mundo. Todos pensaram que ele tivesse, de fato, morrido. Sabe o que ele fez para acreditarmos? Comprou várias edições do jornal, uma, deixou na mesa da cozinha de sua casa, para avisar a família, e jogou as outras nas casas de amigos. Aí desapareceu.

Catarina não segurou a risada. Levantou-se para pegar mais vinho enquanto falava ao marido:

– Que cara maluco! Se fingir de morto para enganar as pessoas e a troco do quê? Eu, hein?! E quando ele apareceu?

– Quando saiu no jornal que encontraram o rapaz. E olha que história maluca saiu nos jornais. O rapaz que foi jogado para fora do carro caiu sobre um caminhão que passava sob o viaduto. Só não morreu porque a carroceria carregava algodão cru, imagine!

Roberto fez uma pausa, bebericou o vinho. A mulher não lhe deu muito tempo, insistiu para que continuasse. Roberto obedeceu:

– Se não tivesse presenciado essa situação, não acreditaria. Além de homônimo, eram parecidos. O Sérgio só voltou quando saiu a notícia, cinco dias depois. A família o tinha como desaparecido. Até boletim de ocorrência fizeram. Quando voltou, sabe qual foi a desculpa que deu? Essa foi a pior parte.

O telefone tocou na sala de visita ao lado. Ambos estranharam.

– Quem poderia telefonar num horário tão avançado? Perguntou-se Catarina que levantou lépida da cadeira e foi atender. Gritou da sala:

– É o seu telefone, Roberto. E é a Márcia ligando.

– Então atende. Para ligar a essa hora deve ter acontecido alguma coisa.

– Oi, Márcia!

– Desculpe ligar a essa hora, mas estou desesperada. Sofri um acidente e estou aqui no hospital. (...) Não, não. Estou bem. Só o motorista que está meio mal. Eu não sofri nada, nenhuma fratura, nada. E o Sérgio, está aí?

– Aqui? Ele não está com você? Vocês saíram juntos.

– Ah, Catarina, é uma história maluca. Sem sentido. O motorista deixou o Sérgio para trás e, pior...

– Espere um pouco Márcia, vou colocar no viva-voz, assim o Roberto também ouve. Fala, Márcia.

– Oi, Roberto. Desculpe ligar a essa hora.

– Não se preocupe, Márcia, o Sérgio está bem?

– Isso que tentava explicar para a Catarina, Roberto. O Sérgio não está comigo. O motorista do aplicativo ficou com medo de dois motoqueiros e deixou ele para trás. E o que é pior,

Roberto, o Sérgio pode ter sido sequestrado, porque se ele não foi estaria aí, com vocês, tenho certeza.

– Você já telefonou para ele, Márcia? Perguntou Roberto.

– Não tem como. O celular dele e a carteira ficaram comigo. Bem que o motorista falou que aqueles dois motoqueiros poderiam ser sequestradores. Eles sequestraram o Sérgio. Estou certa disso. Caso contrário ele te pediria ajuda. Ele foi sequestrado, Roberto.

– Márcia, onde você está?

– No hospital.

– No hospital? O que aconteceu?

– É o que estava explicando para a Catarina. O motorista, aquele maluco, além de deixar o Sérgio para trás ainda bateu o carro. Eu estou bem. Só preciso fazer uns exames antes de ser liberada, mas não farei não. Preciso achar o Sérgio.

– Bom saber que está bem. Faça os exames sim, tem que fazer para sua garantia. Depois vem para cá. Diz antes uma coisa, por que você acha que ele foi sequestrado?

– Porque, enquanto aquele idiota do motorista saía em disparada, eu vi o Sérgio ser abordado pelos dois motoqueiros. Por isso, agora, tenho certeza. Ele foi sequestrado, Roberto. Pelo amor de Deus!

– Termine de fazer os exames e venha para cá. Vou até à comunidade. Se o Sérgio foi sequestrado, foi por gente daqui. Conheço o chefe deles e dou um jeito de saber. Quando chegar, terei alguma informação, se cuide e boa sorte aí. Beijos.

Logo que Roberto desligou o telefone, Catarina, sem falar nada, ligou o aparelho de som, selecionou uma lista de tangos e colocou o fone de ouvido. O marido, acostumado ao hábito da esposa de refugiar-se na música diante de situações tensas, apenas a observou dançar pela sala – só pararia quando estivesse calma – enquanto teclava no celular o número de Edson, o chefe da comunidade:

– Sim, Roberto, houve um sequestro sim. Uma burrada. Sequestraram o cara achando que era o Caetano Veloso. Mas, não é não. Eu não conheço o Caetano, mas dizem que ele é parecido. Para piorar, o cara está sem documento, sem nada, nem celular ele tem, acredita?

– E como é esse cara? (...) Sim. Sua aparência física, o jeito dele.

– É branquela, alto, cabelos brancos. Mais de sessenta, com certeza.

– Usa óculos?

– Óculos? Usa. Usa sim. Lentes grossas.

– Edson, me deixa ir aí. Assim eu vejo se não é meu amigo. Se for, ótimo, tá resolvido! Caso contrário, confirmo que também não é o Caetano Veloso. Até porque acho que o Caetano não usa óculos e, nesse momento, está fazendo shows junto com o Gil, em memória da Gal Costa.

– Fechado, Roberto. Assim você me livra de um abacaxi. Estou te esperando.

Desligou o telefone e dirigiu-se à mulher. Pegou-a pelos braços e começou a dançar, de forma brincalhona, na tentativa de acalmá-la. Com delicadeza, tirou-lhe o fone do ouvido, parou de dançar e explicou em linhas gerais o que faria na comunidade. Pediu-lhe que esperasse por Márcia, prestes a chegar.

Catarina acompanhou-o até o portão. Depois, foi para a sala de visitas e, falando em voz alta, serviu-se de vinho e sentou-se no sofá:

– Como a Márcia e o Sérgio se desencontraram? Eu a vi entrando no carro! E o Sérgio, sequestrado? Por causa de uma eventual semelhança com o Caetano Veloso? E a Márcia, coitada, sofreu um acidente no carro em que o marido deveria estar. Motoqueiro? Não vi. A hora que ela chegar, terá que me explicar tudo direitinho.

Bebeu o último gole e levantou-se para encher a taça quando a campainha soou. Colocou-a sobre o aparador e correu para receber a amiga que a abraçou em prantos. Catarina desvencilhou-se do abraço só depois da amiga acalmar-se e a levou para a sala de visitas, para que bebessem vinho e relaxassem.

Márcia aceitou de bom grado o convite sem, contudo, controlar o medo e as lágrimas que escorriam:

– E o Roberto? Ele conseguiu saber se o Sérgio foi sequestrado?

– Márcia, fique calma. O Roberto foi até a comunidade falar com o bambambã deles, o Edson. Houve um sequestro sim, mas não foi do Sérgio, foi de um cara, parecido com o Caetano Veloso. Roberto foi lá, checar. Daqui a pouco ele chega.

– O Caetano Veloso foi sequestrado?

– Não, não. Um cara parecido com ele. Um sósia, gente assim, gente muito parecida, sabe?!

As mãos de Márcia começaram a tremer e seu choro a aumentar. Catarina estranhou:

– Meu Deus, Márcia, você está chorando por causa do Caetano Veloso?

– Não, Catarina, por causa do Sérgio. Muita gente o acha parecido com o Caetano.

– É brincadeira! Ele não é nada parecido com o Caetano!

– Tem muita gente que acha. Uma vez, logo depois que a mãe do Caetano morreu, a Dona Canô, estávamos em férias, em Porto Seguro. Você sabe como ele fuma um cigarro atrás do outro, né?! Então, a gente voltava para o hotel e ele estava prestes a apagar a bituca quando um senhor negro, alto, bonito, com um colar no pescoço, desses de umbanda, candomblé, pediu a bituca. Sérgio lhe disse não – ele ficou meio sem graça –, tirou o maço do bolso e lhe estendeu um, rindo e dizendo que veneno ele fazia questão de dar inteiro.

Márcia parou de falar. Seu choro aumentou. Bebeu um gole de vinho. Afagou a mão de Catarina, que lhe acariciava o rosto, e continuou sua história:

– Quando entendeu que era uma brincadeira, deu uma risada, pegou o cigarro todo agradecido e perguntou ao Sérgio:

– Você é irmão do Caetano Veloso, né?!

– Claro que o Sérgio negou, mas ele insistiu:

– Compreendo. A mãe de vocês morreu faz pouco tempo e você está querendo se preservar. Respeito. Mas que você é irmão do Caetano, ah, você é! Obrigado pelo cigarro.

– Essa não foi a única vez que aconteceu. Tem várias. Entende agora por que estou apavorada. E se aqueles dois motoqueiros o sequestraram?

– Puxa, Márcia, vi nenhum motoqueiro não.

– Você fechou o portão antes deles aparecerem. Se o motorista não fosse tão maluco, era só esperar um pouquinho, o Sérgio estaria no carro e nada disso teria acontecido.

– E por que você acha que foram os motoqueiros os sequestradores?

– Porque eu os vi parar perto do Sérgio. Se não o tivessem levado, ele estaria aqui.

– Ele não te ligou?

– Não, Catarina, ele está sem telefone. Ficou na minha bolsa, junto com a carteira e os documentos. E se aqueles dois motoqueiros acharam que ele é o Caetano Veloso e o levaram?

– Com a chegada do Roberto a gente sabe. Márcia, até agora não entendi por que o Sérgio foi deixado para trás. Por causa de dois motoqueiros?

– É. O motorista pirou ao ver os dois. Primeiro acelerou e parou. Aí um dos motoqueiros empinou a moto, o maluco do motorista saiu alucinado e eu gritando para ele parar. Até que bateu no poste.

Aos olhos de Catarina, Márcia tinha amainado seu espírito. Seu choro era intermitente e mais suave e seus balbucios mais claros. Efeito do vinho, ou da fala, a descarregar emoções? Ofereceu mais uma taça de vinho à amiga. Alguns segundos de silêncio constrangeram Catarina, mas afetaram a sensibilidade de Márcia que voltou a chorar e a balbuciar:

– E o motorista pode morrer.

– Não é hora de se preocupar com isso, Márcia. Ele está hospitalizado, sob cuidados médicos. E se morrer, fazer o quê? Foi um acidente. Isso não acontecerá não. Relaxe.

Catarina levou um pequeno susto ao ouvir a campainha:

– Não é o Roberto, porque ele tem a chave. Quem será? Nessas horas é que faz falta um interfone com vídeo. Já falei para o Roberto, precisamos de um, mas ele é pão-duro.

Só parou o palavrório ao verificar pelo olho mágico e dar um grito de alegria:

– Márcia, é o Sérgio – e abriu o portão.

Sérgio, meio sem jeito, correspondeu ao abraço efusivo da amiga, sem entender o que estava acontecendo. Catarina fechou o portão e o conduziu para a sala:

– Estávamos preocupados com você. A Márcia tinha certeza de que você tinha sido sequestrado pelos motoqueiros.

Ao ouvir a voz do marido, Márcia pôs se a correr até jogar-se em seus braços:

– Onde você se enfiou nesse tempo todo? Achei que tivesse sido sequestrado, balbuciava e o beijava, feliz.

Catarina os convidou a entrar:

– Vamos beber um vinho e entender o que aconteceu. Curiosidade é mortal. Vamos, pessoal – e os conduziu até a sala de visitas, ofereceu-lhes vinho e sentou-se. Márcia, desde a chegada do marido não lhe dava tréguas, querendo saber o que havia acontecido, sem, contudo, dar chance ao marido de responder. Catarina interveio:

– Vamos brincar de Jack, o estripador, e começar por partes. Onde você foi parar, Sérgio, que sumiu?

– Desculpe, Catarina, antes preciso saber por que o motorista me deixou para trás. Achei que ele estivesse te sequestrando, Márcia. Fiquei apavorado. O que aconteceu?

– Quando viu os dois motoqueiros ele saiu feito louco. Mesmo gritando para ele parar, ele continuou e eu vi os motoqueiros pararem na sua frente.

– Quanta confusão! Eu conhecia os dois e, graças a eles, consegui saber que você estava aqui. Foi um trabalho danado te encontrar. Eles entenderam a situação e me deram carona. Logo encontramos o carro batido, mas ninguém sabia dizer para qual hospital você e o motorista haviam sido levados. Quando achei, me informaram que você estava bem e saíra havia algumas horas. Voltei para pedir à Catarina e ao Roberto dinheiro emprestado para ir para casa. Achei que estivesse lá.

Catarina começou a rir, depois a gargalhar:

– E a gente vivendo um drama.

Sua gargalhada só terminou com o som de celular. Era o de Márcia. Entreolharam-se. Márcia pegou o telefone e exclamou ao descobrir quem ligava:

– É o investigador de polícia.

Sérgio e Catarina não entenderam, mas permaneceram em silêncio atentos.

– Boa-noite! Sim, ela mesma. Quê? Outro depoimento? (...) Sou suspeita? Por que faria isso, santo Deus? (...). Está bem, amanhã. Obrigada!

Márcia desligou o telefone e desatou a chorar, entremeando palavras e soluços:

– O motorista morreu. Descobriram que ele, antes do acidente, recebeu um golpe na cabeça. Suspeitam de mim!

FOLHETIM[1]

1 Publicado originalmente na revista eletrônica *Balaio de Notícias*, Edição 205, Brasília 15 de maio a 12 de junho de 2016.

1

O badalar do sino da igreja penetrou-lhe no ouvido e ele interrompeu o que estava fazendo, fez cara de tá na hora, sorriu pensando nos amigos que encontraria após finalizar o trabalho. Com a última badalada, voltou a copiar o recorte de jornal, parte de sua pesquisa para o novo projeto, que na verdade ainda era uma ideia. Ideia não muito clara. Para começar, não sabia nem se seria conto ou romance. Para ser conto teria que ter menos personagens, menos locação. Para ser romance, a história era muito simplória, pensava. Sabia apenas que usaria cenas de filmes, HQs, tocos de conversas ouvidas na rua, entre os amigos, conversas de comadre e boataria em geral. Como suas ideias ainda estavam opacas, ao contrário da noite azul e estrelada que via pela janela, coletava material. Tudo que tinha a ver, fosse o que fosse, desde frases copiadas de para-choques de caminhão até páginas de jornais e, acredite, até livros. Não tinha dó. O assunto tinha a ver?! Pobre da folha. Virava picadinho.

Urik terminou de copiar um dos trechos do jornal recortado, picotou mais alguns pedaços e colou o que sobrou na ficha pautada logo após suas anotações. Guardou o lápis e a borracha no porta-canetas, colocou a ficha numa caixa onde estavam outras com cópias de textos alheios e levantou-se da cadeira completamente nu. Saiu do gabinete com um sorriso faceiro. Enquanto vestia seu jeans surrado e a camiseta branca pensava nas conversas fiadas que ouviria em sua hora do lanche, o meio da noite, em seu bar preferido. Era o momento em que mais se divertia ouvindo lorotas, causos, histórias e lendas dos frequentadores que não economizavam palavras para contá-las. Urik adorava. Depois, quando chegava em casa, anotava tudo.

Desceu as escadas do sobrado, apagou a luz da antessala e dirigiu-se ao cabideiro, junto à porta de saída. Pegou o guarda-chuva, colocou-o embaixo do braço, abriu a porta, deu alguns passos, olhou para o céu claro e estrelado, voltou-se, fechou a porta e dirigiu-se à calçada. Sua mente fervilhava com as ideias que tomavam forma, mas ainda estavam cruas. Lembrou-se de um filme que assistiu havia muitos anos que poderia, talvez, lhe dar uma pista. Pensando melhor, ele não se lembrou do filme, mas de algumas poucas cenas. Uma delas era muito clara em sua cabeça. O protagonista da história, um malandro francês –, isso ele sabia porque era parte das atividades do curso que fazia à época, Língua Francesa –, levava um tiro pelas costas enquanto andava no meio da rua. A cena era observada por uma mulher.

Outra cena que ele lembrava era quando o malandro conhecia uma garota que vendia jornal. Ah, sim, o cara era ladrão. Não lembrava do quê, mas era ladrão. Cacete, que filme é esse?, perguntava-se Urik enquanto olhava o céu límpido, sem lua e com muitas estrelas visíveis. Ele adorava a paisagem celeste e amava a terrestre. As ruas desertas daquela cidade de interior, sem alma viva à vista, só ele, Urik, perambulando noite adentro, solitário e feliz.

Súbito, ele parou. Olhou para o céu estrelado e para o guarda-chuva embaixo do braço. Puxou-o pelo cabo. Deu uma risadinha e começou a cantarolar o pouco que sabia de *Singing in the Rain* e saiu dançando à Gene Kelly.

Nenhum ruído na rua. Nem de gente nem ronco de carro. Só a voz de Urik mais murmurada do que cantada conduzindo seus passos de dançarino. Não tinha vergonha de dançar, mas muita de cantar. Tinha tanta vergonha que só o fazia para ele e, mesmo assim, baixinho. Tentou superar esse bloqueio e foi fazer um curso de canto, mas desistiu no primeiro dia, depois de o professor afirmar que ele não cantava nem embaixo do chuveiro. Desestimulado, não mais voltou.

Parou de cantarolar e dançar ao ouvir o som não muito longínquo de uma sirene. Girou a cabeça e viu o carro de polícia a poucas quadras, que logo passou por ele e entrou no cruzamento à direita, a rua que estava prestes a atravessar. Acompanhou o movimento da viatura e continuou até a beira da calçada. Deu o primeiro passo. Desceu a calçada. Antes de dar o segundo, ouviu a freada brusca de um carro a centímetros dele. Saltou para trás.

– Ufa, por um triz!

O motorista da van, com uma equipe de TV em seu interior, engatou a marcha e retomou sua velocidade normal ante os olhos de espanto e medo de Urik, que, estático, acompanhou o carro até ele desaparecer no cruzamento na quadra abaixo.

– Que noite! – murmurou Urik, meio desconsolado – Onde está o silêncio dessa cidade? E quase fui atropelado! - colocou o guarda-chuva embaixo do braço e, mais calmo, retomou sua caminhada na mesma direção para onde foi a van da TV.

Pouco antes de chegar na esquina, ouviu um tiro. Bem próximo.

2

– Tiro?! - sussurrou - Agora essa, um tiro. Por pouco não fui atropelado. Mas, também, onde estava com a cabeça? É isso que dá ficar pensando em sei lá o quê e não ver a van. Quase morri. Se ela não para... Que noite! Depois, um tiro. Parece que veio lá das bandas do Genésio. Será que ele vai ao bar? Ele é muito imprevisível. Mas tem história. Sempre tem, e boas. Já *copilhei* dele um monte de coisa. Ele até fica orgulhoso. Um tiro na noite! Vi um filme bem legal, o detetive só tinha a gravação de um tiro para desvendar o crime. Putz, isso é outra coisa que se pode usar na história, pensou Urik. Seria de detetive, de mistério? Porra, dá para fazer tanta coisa com um tiro. Que tal começar assim: o carinha ouve o tiro e seus passos continuam inalterados. Logo depois, passa um sujeito correndo da polícia. Este escapa da polícia, mas o carinha é preso. Daí a história... não, essa é uma merda de história, melhor deixar para lá.

Os pensamentos de Urik se interromperam com os gritos na casa à frente.

– Caramba, como essa cidade hoje está barulhenta! É sirene, é som de brecada, tiro. E agora esses gritos. Putz, é o Marcelo brigando com a mulher! – Aproximou-se da casa que estava a poucos metros e ouviu o amigo gritar:

– Estou mentindo?

– Está! – respondeu a mulher aos gritos e bateu a porta, deixando o marido na entrada. Urik, parado em frente ao portão, pigarreou e, meio constrangido, perguntou em voz alta:

– Tudo bem?

Marcelo, que estava de costas, virou-se brusco, meio assustado. Quando reconheceu o amigo, envergonhou-se e, com a voz meio trêmula, respondeu:

– Ah, Urik, é você! – e caminhou em direção ao portão. Abriu-o e abraçou o amigo que se incomodou e tratou de se afastar. Para Urik, o contato físico era sempre motivo de incômodo, preferia manter certa distância. Marcelo apercebeu-se, afastou-se e balbuciou:

– Situação chata, Urik. Desculpe!

– Relaxa, Marcelo. Entendo dessas coisas. Briga de casal. Já fui casado.

Marcelo suspirou fundo, colocou a mão no ombro de Urik, que se afastou novamente, e lamentou:

– A briga com a Ingrid não é nada.

– Entendi não. Como não é nada? Vocês estavam quase se pegando agora a pouco.

– A briga com a Ingrid é decorrente de outro problema, bem mais sério.

– Cara, está me deixando curioso. Me conta direito isso.

– É um amigo – hesitou um pouco e continuou – Só que se ele for preso, tô fu.

– Como assim? questionou Urik preocupado com o amigo, cujos lábios tremiam.

Marcelo respirou fundo:

– É uma longa história.

3

Urik animou-se. Adorava histórias e gostava de ouvi-las de um bom contador, como era o caso de Marcelo. As dele eram ótimas, muito criativas. Se ele era criativo em situações normais, corriqueiras, como não seria nessa, um amigo envolvido com a polícia e correndo o risco de ser preso? Desassossegado, queria ouvi-la inteira e convidou Marcelo para uma caminhada.

– É bom para aliviar – concordou Marcelo e emudeceu.

Caminhavam lado a lado. Urik, impaciente, começou a balançar o guarda-chuva de um lado para o outro até que não se segurou e perguntou:

– Que história é essa, afinal?

Marcelo nada respondeu.

Urik insistiu:

– Por que você tá fu?! Quem é esse seu amigo?

Marcelo continuou em silêncio. Depois de alguns passos, parou, olhou para Urik e disse, melodramático:

– Ele é ladrão.

– Porra, você é amigo de um ladrão?

– Como ia saber? O cara era gente fina, estava sempre com carro novo. Parecia ter grana, muita grana. E me levou na conversa, acabei lhe emprestando dinheiro e ele nunca pagou.

– Se ele tinha grana, como nunca lhe pagou?

– Propôs um negócio irrecusável. Caí feito pato.

– E como foi parar numa roubada dessas, Marcelo?

– Por causa da Ingrid, que conhecia a Patrícia, mulher do Michel, que acabou virando meu amigo.

– Vamos por partes – interrompeu Urik – quem é Michel? Patrícia? A Ingrid eu sei que é sua mulher...

– Urik, essa história é longa.

– Então vamos tomar uma cerveja, aí você me conta.

4

Escolheram uma mesa isolada no fundo do bar. Urik estava excitado, principalmente agora que o amigo estava menos tenso e a chance de ele ser rico nos detalhes do caso aumentaria em muito. História estranha, é verdade. Um fulano que, além de ladrão, lhe devia dinheiro. Mas, como sua curiosidade teria que esperar mais alguns minutos, pois Marcelo fora ao banheiro, sua atenção voltou-se para a TV, onde a âncora, uma morena mais sexy do que jornalista, em edição extra, noticiava o cerco policial a um dos ladrões mais procurados pela polícia, Michel Piccard, um francês que vivia no Brasil havia mais de vinte anos.

Quando Marcelo voltou, Urik serviu-lhe cerveja e os dois brindaram. Marcelo bebeu, colocou o copo sobre a mesa e, com os olhos fixos no nada, lamuriou:

– Essa mulher acabou comigo, sabe?

Urik, meio frustrado, que queria continuar a história do amigo bandido e não falar da mulher, acabou sem querer estendendo o assunto ao lhe perguntar:

– De que mulher você está falando?

– Da Ingrid, claro. Foi ela que me botou nessa enrascada. Cara, nunca vi! Louca por dinheiro. Ela conhecia Patrícia há um tempão. Quando a Ingrid soube que o marido dela, Michel, estava num negócio que dava muita grana, e era seguro, não me deu mais sossego. Armou tanto que acabei conhecendo o tal do Michel. Pior, fiquei amigo dele. Amigo mesmo sabe, daqueles de você botar a mão no fogo. E tudo culpa dessa mulher...

O telefone tocou.

– Dá licença, preciso atender... É ela.

Apesar do som alto da TV e da voz baixa de Marcelo, Urik não deixou de ouvi-lo:

– Já te falei, meu xodozinho, consigo o dinheiro e te pago, prometo... (...) tá, tá bom, mas o prazo é muito curto. É muita grana. Não precisa gritar (...) xodozinho, pelo amor de Deus, não grite, vai acordar os vizinhos. Eles vão reclamar, você vai ver, mas deixa pra lá. (...) Tá, tá bom, arrumo o dinheiro.

Urik, meio incomodado, sentindo que acanhava o amigo

ao telefone, levantou-se, acenou para que ficasse à vontade e aproximou-se do aparelho de TV onde a âncora detalhava a vida do ladrão de carros mais procurado nos últimos tempos e que teria escapado da última tentativa de prisão.

Ao ver o amigo desligar o telefone, Urik chamou o garçom, pediu outra cerveja e voltou para a mesa, sem prestar atenção ao noticiário.

– Estava vendo o noticiário. Esse ladrão de carros que está na TV, por acaso não é o seu amigo? perguntou com sorriso maroto.

Marcelo sorriu amarelo e desconversou:

– Não, não. Claro que não.

Urik sentiu um certo vacilo na voz de Marcelo, como se estivesse escondendo algo, talvez até mentindo, mas, como parecia dolorosa e delicada a situação do amigo, melhor seria mudar de assunto:

– Você ouviu algum tiro hoje, pouco antes da gente se encontrar?

– Só ouvi os berros da Ingrid, por quê?

– Eu ouvi e acho que foi lá pelos lados do Genésio.

– Pode ser mesmo, Genésio tem um vizinho traficante, de repente...

5

O relógio da igreja deu suas tradicionais doze badaladas. Genésio terminou de assistir à TV, levantou-se do sofá, calçou os chinelos e dirigiu-se à varanda para fumar. Estirou-se na cadeira de balanço e fixou os olhos na casa do vizinho que detestava. Tinham-se conhecido numa festa de bairro. Poderiam até ter sido amigos, não fosse Genésio tê-lo visto passando a mão na bunda de sua mulher, que estava a certa distância. Sua raiva era tanta que partiu para cima do atrevido, mas desistiu ao ouvir um amigo que acompanhou a cena:

– Deixe quieto, esse cara é perigoso. É traficante, dizem.

Mas o episódio despertou-lhe o ciúme e tornou a vida da mulher um inferno. À exaustão, ele sabatinou-a para saber se ela se excitara. Indignada, a mulher, como resposta, silenciou corpo e voz por dez dias.

Com essas lembranças reavivadas, Genésio terminou o cigarro, levantou-se e apoiou-se no parapeito. Ouviu gritos que vinham da casa do vizinho. Chamaria a mulher para ouvir a briga, não estivesse ela tão ressentida. Continuou no parapeito, em silêncio. Viu o suposto traficante obrigar a mulher a entrar no carro, viu o carro sair da garagem, passar em frente a seu prédio e, ao fazer a curva, uma luz piscar no seu interior seguido de um estampido.

– É isso, mataram o traficante!

6

Genésio saiu excitado da varanda, entrou na sala onde sua mulher bordava e assistia à TV:

– Maria, você ouviu?

– O quê?

– O tiro. Mataram o cara, acho. Bandido sacana.

– Mataram quem, Genésio? Que coisa! Fique calmo.

– Nosso vizinho, o traficante.

– Sério, Genésio – exclamou e continuou, curiosa – vi uma foto parecida com ele na TV. Será que é o ladrão procurado?

Genésio não deu resposta, foi ao quarto e trocou de roupa. Na sala, antes de sair, curvou-se para beijar a mulher que lhe perguntou, curiosa:

– Aonde vai?!

– Ora, Maria, encontrar Urik. Ele deve estar no bar, como sempre. Volto logo.

A mulher mostrou-se indiferente, afinal acostumara-se às escapadelas noturnas do marido para encontrar amigos, bebericar e conversar fiado. Depois, meio bêbado, voltava carinhoso, então, valia a pena deixá-lo em paz.

Genésio, mais do que apressado para encontrar Urik, estava era ansioso para correr até o local onde o carro havia passado. Era perto. A uma quadra e meia de sua casa. Quem sabe ainda estivesse lá. A luz que piscou junto com o estampido não deixava dúvidas: fora um atentado. Mas precisava checar. Dobrou o quarteirão e decepcionou-se. A rua, como todas as outras àquela hora da noite, estava deserta. Insistente, procurou marcas de pneus pelo asfalto. Nada encontrou. Só restavam as lembranças da faísca e do tiro.

Pouco depois, ouviu a sirene. A viatura policial passou por ele a toda velocidade, seguida por uma van com uma equipe de TV. Nossa! Sem dúvida estavam atrás do bandido e, para ter TV, devia ser gente importante. Ah, certeza, era ele o bandido procurado, o meu vizinho. Se não morresse, seria preso, certeza, pensou – e, com esses pensamentos, Genésio dirigiu-se ao bar para encontrar Urik.

7

Adriano, o cinegrafista da equipe, encostado na van, conversava com Joleno, motorista e assistente de produção durante as reportagens. A dupla aguardava Hélio Canabiserra, o repórter que descobriu o chefe de uma quadrilha de ladrões e ganhou notoriedade. Hábil na construção de narrativas, suas reportagens logo ocuparam os principais horários da emissora. Era sua chance de crescer na empresa, galgar postos, ser apresentador do jornal no horário nobre! Mas isso dependeria de Ana Mourato, editora da TV, sua superior.

No interior da delegacia, enquanto a equipe o aguardava, Hélio levava uma descompostura do delegado, enraivecido com a divulgação da foto do suposto bandido.

– Agora ele sabe que foi identificado. Se fugir, te processo por cumplicidade.

Lá fora, Joleno ouvia as reclamações de Adriano:

– Não aguento mais, mano, noite e dia atrás desse bandido. E tudo por causa dessa piranha, a Ana. Jornalista... Pra mim, ela é mais *séquici* que jornalista.

– Uai, achei que o chefe era o seu Hélio?!

– Tu num manja nada, mano. Eles até transam, mas quem manda? Ana, essa piranha.

Joleno foi ao banheiro. Adriano continuou encostado na van.

Hélio saiu apressado da delegacia.

8

Hélio consultou o relógio, meia-noite. Aproximou-se de Adriano, que o questionou:

– Afinal, a gente vai ou não vai gravar a prisão desse mano?

– Temos que esperar o delegado receber o endereço do Michel. Um detetive está cuidando disso. Daqui a pouco sai a viatura e a gente encerra essa temporada. Cadê o Joleno?

– Banheiro.

– Porra, logo agora. A gente tem que grudar na viatura. Vamos entrar no carro.

Passaram-se alguns minutos. Nem Joleno nem os policiais apareceram. Hélio angustiava-se cada vez mais. Reclamou da ausência do motorista:

– Se perder esse flagrante por causa do Joleno, mando ele embora.

Adriano, sentado no banco da frente, o tranquilizou:

– Calma, mano, de vez em quando o Joleno tem dessas coisas, sai correndo pro banheiro.

Adriano viu os policiais entrarem na viatura:

– Vixi, meu Deus! Cadê o Joleno? Saiu correndo em direção ao banheiro gritando o nome do motorista. Joleno, segurando as calças, correu ao seu encontro.

– Se liga, mano, quer perder o emprego? A viatura tá saindo. Corre.

Sob os berros de Hélio, terminou de afivelar o cinto da calça e entrou no carro.

– Liga essa merda logo. A viatura já saiu. Merda. Sai logo.

A gente tem que grudar nela. Se perder esse flagrante, te mato. Caralho.

9

A van continuou disparada para reaproximar-se da viatura policial. Hélio, indignado, reclamou do motorista:

– Porra, Joleno, preste atenção. Quase atropelou o cara. E acelera, senão a gente perde a viatura. Acelera.

– Manera, mano, o Joleno não tem culpa – disse Adriano, sentado no banco do passageiro, ao lado do motorista – o coroa babaca não viu a gente. E o jeitão dele, no mundo da lua, com aquele guarda-chuva?! Ridículo!

Hélio não deu ouvidos. Naquela madrugada encerraria sua reportagem. Seu sucesso perderia o brilho caso perdesse aquele flagrante, o que lhe produzia angústia e sensação de incompletude.

Adriano, que tinha algumas curiosidades sobre a reportagem, aproveitou para conversar com Hélio:

– Cara, tamo junto faz um tempão. Tô gravando tudo, desde o começo, mas, mano, como você chegou no bandido? Cê num tinha pista nenhuma! Como foi isso? Mágica?

Hélio ficou em silêncio por algum tempo. Depois, sem tirar os olhos da viatura à frente, respondeu:

– Pista eu tinha, mas não chequei, não deu tempo. A Ana não deixou. Ficou tão excitada com os índices de audiência que divulgou a foto do Michel Piccard sem meu consentimento. Tudo indica que esse francês é o chefe da quadrilha, mas precisava confirmar. Resultado: tomei uma baita bronca do delegado. Mas, agora, com o francês preso, tudo se resolve.

10

A viatura parou na entrada de uma viela. De arma em punho, o delegado, acompanhado pelos policiais, dirigiu-se a uma casa às escuras. Joleno estacionou a van e Adriano correu para pegar a câmera, enquanto Hélio ajustava o microfone. Estavam prontos.

Ao se aproximarem, o delegado, enraivecido, dirigiu-se a Hélio:

– Pode voltar, não tem nada aqui. Óbvio, o cara fugiu. E a culpa é sua. Não tinha por que divulgar a foto.

O celular do delegado tocou. Ele atendeu, ouviu e, sem falar nada, desligou. Apressou os policiais:

– Vamos, vamos, tem uma denúncia. Localizaram o cara.

– Quem fez a denúncia? perguntou Hélio.

– E o que isso importa? Parece que foi uma mulher, vam'bora.

Viatura e van saíram em disparada. Algumas quadras depois, o delegado ordenou:

– É aquele carro. Fecha a passagem, assim ele não foge.

O suspeito, encurralado, saiu do carro, sacando a arma, mas foi alvejado logo que deu os primeiros passos e caiu.

A mulher que o acompanhava saiu e encostou-se no carro, observando o corpo caído. Depois, aproximou-se do moribundo, olhou-o com delicadeza e, sem esboçar qualquer emoção, acariciou seus próprios lábios. Ele, com ódio nos olhos, balbuciou:

– Traidora.

11

Um dia antes da briga com Marcelo, Ingrid estava em sua casa. Nervosa, querendo ficar a sós, dispensou a empregada. Na área de serviço, pegou o material de limpeza e foi para a sala. Tirou os móveis de lugar, pegou a vassoura, passou-a algumas vezes sobre o piso e desistiu. Encostou a vassoura na parede, sentou-se no sofá, arrastado para o meio da sala, e chorou.

O telefone tocou. Levantou-se preguiçosamente e atendeu tentando controlar a voz embargada:

– Mãe, é você?

– Filha, que voz é essa? Chorando?

– Nada não, mãe.

– Não me venha com histórias. Conheço você muito bem. Por que está chorando?

– Ah, mãe, por favor... Tá, tá bom. É o Marcelo.

– Como sempre. Bem que te avisei...

– Eu sei, a senhora tem razão, sempre teve, mas que vou fazer? Gosto dele.

– O que ele aprontou dessa vez?

– Está sendo procurado pela polícia, roubo de carros. Além disso, sumiu com meu dinheiro. Disse que era para um negócio, mas é mentira.

– Quer saber? Livre-se dele. Conta tudo para a polícia, senão quem se sairá mal é você.

– Como vou fazer isso? Eu gosto dele.

– Pense bem. Não quero te visitar na cadeia por ser cúmplice de um bandido.

Ingrid desligou o telefone. Seus olhos se fixaram no nada.

12

No bar, Urik ouvia a história de Marcelo e seu envolvimento com um francês chamado Michel Piccard, que lhe devia muito dinheiro. Urik questionou:

– Se sabia que era ladrão, por que se envolveu?

– Ele é um tipo fascinante. E sua história com Patrícia, sua mulher? Coisa de maluco. Um dia foram viajar. A polícia identificou o carro roubado e o perseguiu.

Urik interrompeu, curioso:

– Ele é ladrão de carros?

– Acho que não, mas esse ele deve ter roubado, né?! – respondeu Marcelo sem muita convicção e continuou – Na perseguição a mulher se apavorou. Para tranquilizá-la, disse que estava sem documentos. Deu sorte. Conseguiu despistar a polícia. A coisa complicou quando ela encontrou uma arma numa gaveta. Ele inventou nova história. Como viajava muito, a arma garantia sua segurança.

– E ela acreditou?!

– Não muito, mas deixou pra lá. Sabe como é mulher apaixonada, né?

A conversa foi interrompida por Genésio, que se aproximou e, esbaforido, sentou-se à mesa e começou a resmungar, excitado:

– Vocês não vão acreditar! Sabe aquele traficante, meu vizinho? Acho que o mataram.

13

Urik, com a atenção voltada para a chegada insólita do amigo, não percebeu a preocupação de Marcelo que usava o corpo de Genésio, à sua frente, como escudo para se proteger da vista de dois policiais que entraram no bar. Com a curiosidade aumentada pela coincidência – o traficante e o ladrão de carros seriam a mesma pessoa? – Urik comentou:

– Quando estava vindo para cá, ouvi um tiro e, logo depois, passou um carro de polícia seguido por uma van da TV que quase me atropelou. O tiro veio lá dos lados de sua casa. Mataram seu vizinho, Genésio?

– Acho que sim. Mas é estranho, logo depois passei pelo lugar e não tinha nada, você ouviu o tiro, Marcelo?

Antes que pudesse responder, o celular de Marcelo tocou. Mesmo falando baixo, ambos puderam ouvi-lo:

– Polícia? Estou indo. Desligou o telefone e levantou-se para despedir-se dos amigos.

Urik, preocupado:

– Aconteceu alguma coisa? Precisa de ajuda?

Marcelo guardou o celular no bolso. Estendeu a mão para Urik e, em seguida, para Genésio, que se levantou. Ao abraçá-lo, sentiu um volume na cintura do amigo e perguntou, meio espantado:

– Você está armado, Marcelo?

Sem graça, Marcelo desconversou e saiu. No meio do caminho, vendo os dois policiais no balcão, tomando café, abaixou a cabeça apressando os passos.

Genésio comentou com Urik, em voz baixa:

– Ele está armado. Que está acontecendo? Ele falou de polícia, não falou?

14

Urik retornava do almoço quando viu Genésio andando de um lado para o outro em frente à sua casa. Olhava para as janelas, aproximava-se da porta, tocava a campainha, voltava a olhar as janelas. Urik aproximou-se:

– Que novidade é essa, Genésio?

– O Marcelo morreu. Foi baleado.

– Como assim?

Genésio gaguejava e tremia:

– Foi baleado ontem, depois que saiu do bar.

Urik, estarrecido com a notícia, convidou-o a entrar. Vendo o amigo irrequieto e angustiado, pediu-lhe que o acompanhasse até a cozinha:

– É uma tragédia, mas você precisa se acalmar. Vou preparar um café e você me explica o que aconteceu. Vem comigo.

Na cozinha, Genésio sentou-se à mesa. Seus dedos tamborilavam na madeira. Depois de algum tempo em silêncio, resumiu em poucas e quase inaudíveis palavras:

– O Marcelo era chefe de uma quadrilha de ladrões de carros. A mulher dele quem o denunciou.

– A mulher?!

– É, a Ingrid. Conversei com ela agora há pouco. Pirou. Disse que se arrependeu, por isso, ontem à noite, telefonou para avisá-lo. Iam fugir, mas a polícia os encurralou.

– Espera. Se ele era o procurado, por que a foto com o nome de Michel Piccard, que nem existe, apareceu no noticiário?

– Obra do Marcelo. Sabia que era procurado, então, para desviar a atenção, mandou a foto do meu vizinho para a TV com nome falso. Não deu certo, porque a mulher o denunciou. E meu vizinho, que eu pensava ser bandido, é inocente.

As palavras de Genésio fizeram os olhos de Urik brilharem e, sem que fosse audível, murmurou:

– Eureka!

Começou a sorrir e a falar com Genésio:

– Bem, Marcelo, ao menos, realizou sua obsessão: morreu como o personagem do filme.

Genésio não entendeu o porquê daquele sorriso sacana de Urik. Tomou seu último gole de café, colocou a xícara sobre a mesa e, antes de falar qualquer coisa, o amigo mostrou-se apressado e o convidava a retirar-se. Isso nunca acontecera antes, mas, enfim, pensava Genésio, sempre há uma primeira vez e ele deve ter suas razões, sei lá, e se despediu.

Mal fechada a porta, Urik correu para seu quarto, despiu-se e foi para o gabinete de trabalho. Colocou papel na máquina de escrever, detestava computador, e começou a digitar:

O badalar do sino da igreja penetrou-lhe no ouvido e ele interrompeu o que estava fazendo, fez cara de tá na hora, sorriu pensando nos amigos que encontraria...

AUTOFICÇÃO

A ameaça de Quem

Ameaça telefônica

Hoje, acordei sob pressão. Logo na madrugada, ao menos para mim, que sou notívago – eram dez horas da manhã –, tocou o celular. Com a voz sonolenta e sem prestar atenção ao número que me chamava, atendi:

– É o Cesar que está falando?

– Sim, pois não.

– Estou lhe telefonando apenas para alertá-lo...

– Alertar-me? Alertar-me do quê?

– Que irei processá-lo!

Minha sonolência desapareceu na hora e, surpreso, perguntei:

– Processar-me? Como assim? O que fiz para merecer um processo?

– Você escreveu um livro!

– E daí? O que tem a ver escrever um livro com processo? Escrever livros é proibido?

– Escrever livros não, plagiar, sim.

– Quem está falando?

– Quem.

Repeti e pergunta e ele repetiu a resposta:

– Quem.

E desligou o telefone.

Entendi direito? O nome dele é Quem? Retornei a chamada e, como resposta, a mensagem: "este número não existe"! Será que devo avisar meu editor? Espere um pouco, Cesar. Como você pode acreditar em alguém que se apresenta com o nome de Quem, um pronome? Querendo que lhe julguem por plagiar sabe lá quem? Pense bem! Quem é personagem de *Histórias de Quem*, um personagem do meu livro, como poderia, portanto, ter me telefonado? E com ameaças?! Mas, espere. E se, de fato, existir alguém com o nome de Quem e este alguém está se sentindo roubado? Mas roubado em quê?! Roubei suas histórias de onde? Todas as histórias já foram contadas, muda só o jeito de as contar. E qual destas histórias, são tantas, que teria roubado de Quem? Sabe de uma coisa? Vou deixar esse assunto de lado senão enlouqueço. De qualquer modo, avisarei o Claudinei desse telefonema e, enquanto se espera o lobo, pedirei para intensificar a campanha publicitária.

Manhã tropical

Eram cinco horas da manhã, deixara o escritório e ia para a cama. Estava esgotado. Passara as últimas doze horas editando um vídeo para o Canal do Poetariado, um programa sobre poesia que produzo para a internet. Aí o telefone tocou.

Sempre me angustia ouvir o som do celular em horas pouco usuais. Pode ser um de meus filhos, algum amigo precisando de ajuda. Aí, atendo. A princípio, não reconheci a voz mansa e macia naquele tom grave e respeitoso. Mas não demorou muito. Sim, era ele. Era Quem, de novo!

– Porra, Quem! Você?! E a essa hora... Estava indo pra cama. Estou super cansado, o que você quer? Ameaçar-me?

– Ê bumba iê iê boi. Ano que vem, mês que foi. Ê bumba iê iê iê. É a mesma dança, meu boi.

– Porra, Quem, isso não é hora para brincadeira!

– A alegria é a prova dos nove. E a tristeza, seu porto seguro. Minha terra é onde o Sol é mais limpo. Em Mangueira é onde o Samba é mais puro. Tumbadora na selva-selvagem. Pindorama, país do futuro.

– Quem? Porra, vou desligar.

– Calma, meu querido escritor. Anda muito inquieto nos últimos tempos e precisa relaxar. Beber alegria e arrotar piadas.

– Quem está falando? Não é o Quem que eu conheço, é?!

– Pouco importa. Talvez um leitor ocupado em se preocupar com a mente irrequieta de um escritor. Só não direi que é o favorito, porque não é.

Até então acreditava estar falando com Quem, mas, depois

de sua última resposta, fiquei em dúvida. A voz de Quem era mais rápida e ele não costumava cantarolar, ainda que contasse histórias estranhas. Realmente, essa não é a voz de quem eu pensava que fosse. Insisti:

Quem está falando? Foi o Quem quem mandou, não foi?

Ele desengatou a marcha e começou a rir. Eu poderia simplesmente ter desligado o telefone, mas, àquela altura, estava era curioso em saber, afinal, quem era aquele sujeito e por que resolvera me atazanar na alta madrugada, justo na hora de dormir?! Ele, diminuindo o riso, respondeu:

Meu caro, não importa quem. Quem se importa? – e começou a cantarolar – Um poeta desfolha a bandeira. E a manhã tropical se inicia. Resplendente, cadente, fagueira. Num calor girassol com alegria – e desligou o telefone.

Que telefonema esquisito, cheio de citações do Torquato Neto! Feitas por quem? Pode ser o Quem. Pode não ser o Quem. Se fosse o Quem, ele seria mais direto. Se não fosse, ele seria menos direto? Mas não, não é o Quem que eu pensava ser quem era e, enquanto pensava nisso, fui fechar a janela do escritório. Olhei para o relógio. Seis e vinte da manhã. O céu escuro e nublado encobria os ainda distantes raios solares que dariam início à manhã tropical.

Estranhas histórias

Hoje o Quem voltou a me ligar. Já lhe falei dele outro dia. Acusou-me de plagiador, lembra? Sua voz estava tão calma quanto antes, quando me ligou a primeira vez, ameaçando-me.

Logo que atendi, começou a contar uma história meio estranha que teria acontecido com Biute, um amigo comum, no dia de seu enterro em Assombradado.

Com dois enterros no mesmo horário, os coveiros se equivocaram e trocaram os caixões. Enterraram Biute no túmulo de um japonês e fixaram uma placa feita de bambu com o epitáfio:

Mu

E o japonês foi enterrado no túmulo do Biute, onde os coveiros fixaram uma placa de bronze com o epitáfio:

Não existe o conceito de plágio; estabeleceu-se que todas as obras são a obra de um só autor, que é intemporal e é anônimo.

Biute Borges

Sem saber onde Quem queria chegar com aquela história – estava pouco interessado, confesso –, aproveitei quando fez uma pausa e questionei sua acusação, feita na primeira conversa telefônica. Usei sua própria história para reforçar meu argumento: se no túmulo do Biute, que agora é do japonês, ele diz que não existe plágio, não há o que discutir, a acusação de Quem não tem fundamento. Tem, Quem? Perguntei-lhe quando terminei de falar. Estava convicto de tê-lo convencido e suspirei relaxado. Deixaria de me ligar, chateando-me com suas ameaças, e eu não perderia meu tempo. Aguardei sua resposta. Ele estava demorando mais do que o normal. Estranhei. Da outra vez, ele respondia de pronto, sempre com a voz mansa, sem pressa. Agora, não. Não só não respondeu de pronto como estava demorando e demorando demais. Comecei a falar alto. Alô! Alô! Não respondeu. A ligação deve ter caído, pensei. Olhei para meu celular e compreendi o porquê do silêncio de meu acusador: meu celular estava morto, sem bateria!

Quem está de olho?!

Não sei se acho graça, choro, entristeço ou me resigno com o papel de bobo da corte. Dúvida cruel. E eu vou lhe contar por quê.

Não sou de publicar coisas muito pessoais, mas concordo com quem o faz. É uma excelente forma de desabafar, seja o que for. E falar de nossos dilemas é o que se faz na terapia. O terapeuta nos induz a falar pelos cotovelos. Falar é a chave. Nas redes sociais, postar é a chave.

Acho que estou fugindo do assunto. Também, não é para menos. Não é nada legal ser bobo da corte, seja aqui na Matrix ou na vida real. Meu constrangimento tem a ver com a história de Quem, que começou lá atrás. Lembra-se de quando ele me ligou, ameaçando-me de processo? Pois é. Até hoje desconheço quem seja Quem, assim como não tenho a menor ideia do que ele, ou eles, pretendem com essas estranhas comunicações. Todas, até agora, tinham sido feitas por telefone. Menos a última, que foi deixada embaixo da porta de meu apartamento!

Não acredito que seja qualquer vizinho, porque moro aqui há cinco anos e as relações, com dois ou três deles, limitam-se a boa tarde, boa noite nos corredores e imediações do prédio.

Mas, em não sendo vizinho, como teria entrado? Peguei o papel, desdobrei-o e deparei-me com a imagem de um olho numa moldura, lacrimejando letras. Como a linha entrecortada subjacente à moldura dá a entender uma via expressa, e as letras lacrimejadas do olho vazam da moldura, subentendi que a moldura teria sido atropelada. Mas, e daí? O que estão querendo dizer com esta imagem? Chamei a atenção de minha mulher, que escrevia o roteiro do próximo episódio da Quarentena da Kiki, uns esquetes cômicos que ela publica no YouTube:

– Olhe que estranho esse papel. Estava embaixo da porta. – Ela pegou o desenho na mão, fez cara de quem não estava entendendo nada, mas deu um conselho:

– Por que você não aproveita essa imagem e não escreve uma de suas histórias? Acho que tem a ver.

Achei a ideia boa, tiraria uma foto. Coloquei o papel sobre a escrivaninha e continuei falando do jeito estranho que ele chegou às nossas mãos quando o telefone tocou. Do outro lado da linha, a voz mansa e macia de uma mulher que, depois de ter certeza de que era eu, enervou-me calmamente:

– Você leu a mensagem e agora sabe, estamos de olho.

– A que mensagem você está se referindo? A esse desenho que colocaram embaixo de minha porta? – estiquei a mão e peguei-o, mas, para minha surpresa, a imagem desapareceu, ficando apenas o amarelo encardido do papel. Isso me deixou ainda mais nervoso e quase gritei:

– Do que você está falando? Quem é você?

– Você sabe do que estamos falando e também sabe quem é Quem – e desligou o telefone.

Comentei com minha mulher:

– Você ouviu a conversa? Caramba! Não imaginava que lançar um livro fosse dar tanta confusão. E tudo por causa do Quem...

– Taí. Uma boa ideia: você aproveita essa confusão que o Quem está provocando e usa para vender o livro. O editor está precisando de grana; você, de leitores.

– Janaina, se eu for vender o livro, ficarei igual vendedor de geladeira no Polo Norte!

– O Claudinei já publicou o link da venda, não publicou?

– É. Publicou. Essas mensagens esquisitas, algumas delas verdadeiras ameaças, não preocupam você?

Ela não me respondeu. Virou-me as costas e continuou a escrever o roteiro da Kiki.

Um susto por dia

Ontem, quando perdemos o sinal de internet, meu coração disparou. Era o segundo programa ao vivo do Canal do Poetariado e a responsabilidade, de Hamilton Faria e eu servirmos de anfitriões dos convidados Ademir Assunção, Thady Martinelli e Ademir Demarchi, era grande. Perdemos o sinal e o programa correu o risco de não se realizar. Contamos com a compreensão do público e agradecemos os comentários de apoio, mas o susto foi grande. Durou poucos, mas eternos minutos. Depois, o programa fluiu. Eu, não. Continuei eletrificado. Foi um choque. Terminado o programa, a equipe e os convidados continuaram a conversa. Para mim, foi um consolo. Tranquilizou-me o espírito e eu relaxei.

Hoje, acordei animado. Os efeitos do susto haviam passado

e o sono ajudou-me a recuperar a energia. Levantei animado, coisa rara, sempre acordo mal-humorado, e fui direto para a cozinha. Servi-me de café e ia começar a falar sobre o programa de ontem quando o celular tocou. Atendi. Do outro lado, uma voz grave, nem macia nem dura, mas ameaçadora:

– Eu lhe avisei, agora, se cuide!

– Quem está falando? Avisou do quê?

– Avisei para não publicar o livro e você publicou. Estou com ele na minha mão.

– Quem está falando? Por acaso é o Quem? – a voz tinha bastante semelhança, mas Quem nunca falaria naquele tom. Quem era mais sutil. – E quem falou para você que sou escritor? Quem é você?

Mas ele desligou o telefone. Confesso que o choque não foi tanto quanto o de ontem, mas também foi grande. Estava já me acostumando a esse tipo de ameaça. A primeira foi feita pelo Quem. Sujeito estranho esse Quem. Ligou outras vezes. Contou histórias, lorotas, futricas, mentiras, verdades e incertezas. Nunca mais tocou no assunto ameaça.

E esse fulano de hoje? Será alguém ligado a Quem? E diz que tem o livro na mão! Como pode?! Claudinei Vieira, o editor, garantiu-me que o livro impresso seria distribuído daqui uma semana. Vou ligar para ele.

– Claudinei, o *Histórias de Quem* já está impresso?

– Você não leu o WhatsApp? Há dois dias mandei mensagem, falando que o livro seria distribuído em dez dias. E o livro está em pré-venda faz tempo!

– Desculpe, Claudinei, é que um fulano ligou hoje, nem sei

como lhe contar, você deve achar que é ficção pelo que andou lendo por aqui, Claudinei, mas não é não, é real. O cara ligou me dizendo que estava com o livro nas mãos, impresso em papel, e que vai me processar!

– Quem?

– Não sei se é o Quem, Claudinei. A voz é parecida, mas não é dele não. Tenho certeza.

– De quem você está falando, Cesar?

– Ora, Claudinei, do Quem!

Ele começou a gargalhar.

Desliguei o telefone.

Paranoia

Quando comecei a escrever sobre Quem, minha intenção era pôr pra fora minhas angústias e dúvidas, amansar minha cabeça, um tanto incomodada pelas ameaças telefônicas deste personagem. Desde que anunciei o lançamento de *Histórias de Quem*, não tive mais sossego.

A princípio, a ameaça deixou-me um pouco preocupado. Depois, com ele me ligando e não tocando mais no assunto, relaxei. Minha curiosidade era saber agora quem era Quem. Todas as vezes que ligava, eu perguntava. Fiz perguntas diretas, indiretas, criei armadilhas, silogismos verdadeiros e falsos e até inventei pequenas histórias, mas nada. Ele nunca me deu qualquer indício de quem seria.

A coisa mudou de figura quando vozes parecidas com a voz de Quem começaram a me telefonar. Vozes com diversos tipos de ameaças. Logo que atendia, tinha certeza: era Quem. Durava pouco. Uma pausa pouco mais prolongada, um grave menos acentuado ou mais ácido, ou qualquer outro som destoante criava-me a dúvida: seria Quem no outro lado da linha? Quem poderia me esclarecer, mas nunca abriu a boca.

Aí as coisas pioraram, e a paranoia começou a pintar. As mensagens, antes telefônicas, passaram a ser colocadas embaixo da porta do meu apartamento. Não tenho a menor ideia de como eles entram. Vizinhos não são, porque não conheço nenhum.

Esse mistério aumentou minha mania de perseguição. Dizem que isso é coisa de paranoico. Se não sou, estou ficando. Estou cismado com alguns amigos. Acho que alguns me voltaram as costas para aliar-se a Quem. Um deles foi bem provocativo, deixou-me uma mensagem: "sei quem é, mas não conto". "Conte-me quem é Quem", lamuriei ao telefone. Mandei mensagem pelo WhatsApp, pelo Messenger. Nada. Fez de conta que não falou nada!

A coisa parece não ter fim. Fecha-se uma porta, abre-se outra. Ad infinitum.

Hoje, final de tarde, recebi nova mensagem. Aconteceu tudo igual. Menos de cinco minutos depois, imagem e papel evaporaram. É isso mesmo, igualzinho *Missão Impossível*. No filme, as mensagens eram autodestrutivas. Explodiam ou pegavam fogo. As que recebo, não. Primeiro a imagem desvanece, depois é o papel. Sem vestígios.

Mandaram-me hoje a imagem de Dom Quixote com um livro na ponta de sua lança. Mostrei à minha mulher e lhe garanti que em minutos ligariam. A imagem desapareceu, o papel sumiu e ninguém ligou.

Ainda que recorrentes, não me acostumara com essas mensagens auto evaporantes, mas, mesmo assim, minha espinha enrijeceu, meus músculos tremeram e a pergunta martelou-me: o que eu teria feito para merecer isso? Como resposta, o silêncio e o medo. Em minha cabeça, Dom Quixote parecia rir, meio azedo. Vira aquela imagem em algum lugar, só não sabia onde nem quando.

Ouvirei "Paranoia", do Raul Seixas. Quem sabe relaxo.

Vírus na cabeça

Certamente não quero contrair covid-19, doença terrível, mortal e provocada por um vírus imprevisível. Essa pandemia e os últimos episódios que tenho vivido desde que divulguei o lançamento de meu livro, *Histórias de Quem*, levaram-me, contudo, a pensar que outros vírus existem. Talvez não sejam tão disseimináveis quanto o coronavírus, mas também são mortais: invadem a mente humana e adoecem a gente.

No meu caso, o vírus veio imperceptível, mas a repetição dos eventos visibilizou-o, materializou-o. Longe de ajudar na cura, essa descoberta piorou ainda mais a situação. Meu sono matinal virou tela de cinema com imagens mudas à frente: incêndio de cidades emparedadas por livros; o olho de Deus lacrimejando letras; cruzamento de estantes em corredores labirínticos; livros feito borboletas no céu azul. Ao meio-dia, acordo cansado. Mal tomo o café preto e fumo um cigarro atrás do outro. E as imagens martelam. Uma delas martela mais forte, a do Dom Quixote. Já vira aquela imagem, mas onde? Capa de livro? Em algum museu? Gozado, será que essa imagem foi desenhada pelo Albert Piauí? Lembro-me vagamente de ter tido alguma correspondência com ele, por carta, na época em que o Uilcon Pereira estava lançando seus livros. Seria ele? Estava nessas reflexões, meio obcecado, e só percebi que minha mulher se preparava para sair quando me perguntou se sabia de sua máscara.

– Meu anjo, você não faz ideia! – comecei a falar sem responder à pergunta, até porque não saberia a resposta – Acho que sei quem é o autor daquele desenho, o do Dom Quixote com livro na lança, lembra? Acho que é o Albert Piauí. Só que não tenho certeza.

– Papai Google pode resolver essa dúvida, sabia? Sabe onde está minha máscara?

Tenho preguiça em fazer esse tipo de consulta na internet. Gasta-se o maior tempo e nem sempre o resultado é satisfatório. Além do mais, que adiantaria saber quem era o autor daquela imagem? Continuaria na mesma.

Uma hora depois, minha mulher voltou da rua toda animada, brincando comigo:

– Tá ficando famoso, hein?! Até o senhor Bartê, que é nosso vizinho no condomínio aí da Natingui, mandou dizer que pode lhe ajudar no caso Quem. Fofocas voam!

– Espere um pouco, Janaina. Você está me dizendo que falou com Bartê? Você já o conhecia?

– Não. Claro que não. Conheci hoje, no mercado. Ele se

aproximou, perguntou se eu sabia onde estava o estande de queijos e começou a puxar assunto. Perguntou se eu era sua mulher. Disse que lhe conhecia. Descreveu bem você e até contou histórias lá da cidade em que você morou. Algumas até já sabia!

– Não, Janaina, isso não pode ser verdade. Você quer me enlouquecer. Bartê não existe. Eu criei Bartê. Está no *Histórias de Quem*! Daqui a pouco estarei como um personagem do Borges, sem saber que sou uma sombra... Não, Janaina, vocês não vão me enlouquecer!

– Ah, homem, desencana! Venha me ajudar a desinfetar as embalagens. Já chega sua cabeça contaminada, não precisamos de coronavírus.

Telefonemamigo

Depois de alguns dias tensos, recebendo mensagens ameaçadoras, voltei a relaxar. Aos poucos, as brincadeiras com minha mulher, abandonadas pelo meu mau humor, voltaram e concentrei-me melhor no trabalho. Não estava fácil. Mas também pudera! A última mensagem quase me levou à loucura.

Até agora não sei explicar a figura de D. Quixote. Alguns bons amigos levantaram uma hipótese positiva: D. Quixote, com o livro aberto sobre a lança, seria o código anunciador do lançamento de *Histórias de Quem*. Enfim, seria uma coisa boa, não uma ameaça. Não sei. Tenho minhas dúvidas. Torço para que tudo não passe de uma grande brincadeira, ainda que de mau gosto.

O que dura pouco é bom, né?! E só se percebe porque acabou. É o caso de meu relaxamento, de minha tranquilidade. Eternizou-se por menos de dois dias. Isso mesmo, dois dias, imagine! Dois dias sem receber mensagens. Nem embaixo da porta, nem por telefone. Estava realmente mais tranquilo. Quase feliz! Até o telefone tocar!

– Cesar, atenda o celular, gritou minha mulher do escritório. Foi meu segundo susto. Já ouvira o celular que estava a poucos metros, na estante. Era só levantar um pouquinho, esticar o braço e pronto. Mas e se fosse o Quem? Ou alguém dele? Preferia não atender. Minha mulher voltou a gritar. Peguei o telefone. Era o Artur.

Primeiro ele perguntou como eu ia, depois perguntou de minha mulher, meus filhos, enfim, navegou por vários igarapés até chegar aonde queria, perguntar-me, em seu "carioquês", se era verdade o que lhe contara o filho de um amigo comum, se eu estava mesmo fingindo ser o Biute Evaristo.

– Artur, você está maluco? Só pode estar brincando! Fingir-me de Biute Evaristo?! Para quê? Além do mais, Biute morreu há mais de vinte anos!

– Quem morreu foi o Evaristo Biute, não o Biute Evaristo.

– E que diferença isso faz, Artur? Já deve ter morrido também. Eram quase da mesma idade.

– Isso não sei. Quero é saber se o que Biutinho disse é verdade. Você está se passando pelo pai dele para vender seu livro, o *Histórias de Quem*?

– Artur – a voz saiu meio trêmula –, vou lhe dizer uma coisa. Já não basta o que venho sofrendo por causa do lançamento do meu livro e vem você, agora, me azucrinar com essa história maluca! – Terminei a frase quase gritando.

Só ouvi seu riso discreto e irônico quando parei de falar e ele recomeçou:

– Amanse a onda. Assombradado inteiro comenta. A maioria indignada. Fofoca correu solta. Fosse você não iria lá por um bom tempo. Pessoal está bravo!

– Não me espanta, Artur. Assombradado é o coração dos boatos.

– E os boatos são quentes. Dizem que as provas contra você serão apresentadas até o final desta semana. E são fortes!

– É quando lanço o *Histórias de Quem*!

Sem saber o que dizer, Artur contornou a situação, dando-me conselhos inúteis. Do meu lado, os músculos voltaram a tensionar. Mesmo assim, conversamos alguns minutos até minha mulher interromper, pedindo ajuda na limpeza das embalagens que chegaram pouco antes. Foi entrar na cozinha e ela contar, animada:

– Você viu? Esqueci de lhe falar. Mataram o gato do vizinho.

– Gato?

– Aquele, que usava óculos escuros.

– Janaina, não tem nenhum vizinho com gato que use óculos escuros. Isso é história. Você viu esse gato?

– Não. Mas era o que estavam dizendo no supermercado!

Coração de tinta

Depois do telefonema do Artur, ontem, decidi não mais atender chamadas, só não avisei minha mulher.

Estava trabalhando, ela entrou com o celular nas mãos e o colocou direto em minha orelha:

– É pra você. É o Quem.

Sem qualquer chance e muito azedume, atendi:

– Fala, Quem, o que quer? Já não chegam os problemas que você vem me causando? Fala. Fala logo.

– Quem precisa falar é você. Você é que quer falar comigo.

Pior é que era verdade. Achava que ele poderia esclarecer sobre Bartê, com quem minha mulher encontrou-se no supermercado e que prometeu proteger-me. O fato foi estranho por duas razões: primeiro, ela não o conhecia, mas ele sabia que ela era minha esposa; segundo, nem sei como dizer, nem eu mesmo acredito, Bartê é personagem de meu livro! Quem conheceria algum Bartê? E, se conhecesse, ele falaria? Agora era a chance de saber. Controlei o azedume e travesti a voz de indiferença:

– Você mora em São Paulo?

– Que importância isso tem?

– Só para saber. De repente, somos vizinhos. Podemos nos encontrar casualmente em algum mercado, padaria.

Ele sabia onde eu queria chegar e bloqueou-me os rodeios:

– Não, Cesar, quem sua mulher encontrou foi o Bartê, não eu.

– O Bartê? Como você sabe? Mas... o Bartê existe mesmo?

– Claro! Você o conhece. Ou ao menos o conheceu há tempos. Ele lhe chamava de Pato.

– Nada disso, Quem. Biute é quem me chamava de Pato. O Bartê não conheci.

– Conheceu sim, na época era conhecido como Evaristo, aliás, seu nome verdadeiro. Biute dizia que ele estudava vanguarda musical, o desbunde tropical, e punkeava pelas estradas em sua moto envenenada, uma CG 125 – terminou de falar rindo.

– E eu imaginando que tivesse criado um personagem.

Ele riu mais ainda.

– Como você sabe que Bartê se encontrou com minha mulher?

Em vez de responder, começou a rir de novo. Achei nada engraçado e fiquei mais irritado. Notando meu desassossego, parou de rir e começou a falar de Bartê:

– Tive uma conversa séria com ele. Bartê é procurado pela polícia. Matou um gato. Um gato de óculos. As provas não são evidentes, mas ele precisa se proteger, e por isso me atacou. Achou que as acusações contra você poderiam ajudá-lo a conseguir mais apoio em Assombradado se ele o defendesse. Sabe como é lá. Igual Marília, que é perto. Tudo reaça.

– Mas, Quem, o que você fez para ele lhe atacar se foi ele quem matou o gato? Sério que minha imagem está, assim, tão ruim?

Quem não respondeu. Chamei-o. Nada. Silêncio prolongado. Na tela do celular, os sinais indicavam estarmos em contato, contrariando o silêncio do outro lado.

Demônios

Estou a três dias de lançar o livro e minha mente continua inquieta. Nada tem contribuído para melhorar. A coisa parece estar fugindo do controle. Até alguns amigos, com toda a boa vontade do mundo, procuram me acalmar, mas o resultado é inverso. Levanta mais suspeitas.

O livro está pronto. Recebi há poucos dias, peguei direto com o Claudinei. Já tinha me alegrado ao ver a foto pelo WhatsApp, mas acariciá-lo, sentir seu cheirinho, é outra coisa. Outra experiência. Apaixonante! Pena que, com a greve dos Correios, ele não chegará a tempo para que os eventuais leitores conversem comigo no dia do lançamento.

O mesmo objeto que produz prazer, produz suspeita, sofrimento e dor. Que ironia! Não deveria ter colocado Quem no título. Poderia colocar qualquer nome. Xiquinho, com X de preferência, pra não ficar igual a todos os outros Chicos. Ou então José. Quem reclamaria? Mas, já dizia mamãe, se pode complicar, pra que facilitar? Inventei um Quem e aí apareceu um Quem, dizendo-se Quem. Não tive mais sossego. A paranoia melhorou, mas minha mulher continua acordando amedrontada com meus balbucios noturnos.

– Você fala tudo enrolado, parece japonês, mas não é japonês. A voz é grossa. Não dá para entender nada, diz ela todas as manhãs.

Há pouco, colocaram nova mensagem por baixo da porta. Não produziram ruído. Nada. E não são os vizinhos, estou certo. Estava na sala, sentado no sofá e escrevendo. Nada ouvi. Só vi o papel ao colocar o notebook sobre o sofá para buscar café.

Peguei o papel e levei um susto. Era uma foto minha, esmaecida pelo tempo, bem amarelinha, mas nítida, do tempo que eu, office boy, cantarolava "Chove chuva" pela Rua São Bento. Minha mãe, por muito tempo, guardou aquela foto, depois deu-

-a para mim. Nunca a mostrei a ninguém. Nunca a digitalizei. Como a teriam conseguido? Examinei o papel. Do mesmo tipo dos outros anteriores, iria desaparecer em minutos. Melhor fotografar antes, mas o telefone tocou.

Voltei a sentar no sofá e atendi. Uma voz cantarolou "alguma coisa acontece no meu coração" e desligou.

Acho que já estou me acostumando com maluquices telefônicas. O que fazer diante delas? Achar graça. Dei uma risadinha e voltei a olhar a foto. Estava com quinze, dezesseis anos no máximo. Tempo dos primeiros porres. Com vinho. Com vodca. Com cerveja. Com o que desse para comprar, juntando a grana de todo mundo. Amigos solidários, os daquela época. Até o último gole.

Devaneava pela minha juventude perdida quando o telefone tocou novamente. Num gesto automático, estendi a mão, apanhei o celular e estava pronto para dar uma de malcriado, mas não deu tempo.

Uma voz aguda, masculina e incisiva, penetrou em meus ouvidos. Apresentou-se como Quem. Desmenti-o. Conhecia a voz de Quem perfeitamente. Pausei. Ele embalou as palavras em ácido:

– Você tem que parar de criar fantasmas. Os que já criou, tem que matá-los.

– Que maluquice. Do que você está falando?

– Do demônio que você criou e pensa que vai derrotá-lo com maledicências, futricas, disse me disse. Não, meu caro Evaristo, não vai.

Esta última frase saiu meio fora do tom, comparada com a acidez das anteriores, porém, o que me sarapantou foi o fato de ele ter me chamado de Evaristo. Contestei. Ele desligou o telefone.

Só então percebi que o papel havia desaparecido.

Pato na jogada

Trabalho prazeroso deixa de ser trabalho, vira diversão. E quando o trabalho exige que você ouça músicas de um dos compositores que mais ama, aí nada mais existe. Só música em seus ouvidos. Prazer. Só prazer.

E quando o objetivo da audição é escolher trechos para editar um vídeo, aí, desculpe-me, eu deliro. O audiovisual é uma linguagem viciante. Perigosa.

Depois que o Hamilton deu a ideia para a Celebração do Reencantamento, no Canal do Poetariado, o trabalho aumentou, mas o prazer também. E prazer pouco é bobagem. O poeta a ser celebrado é Edgard Braga, um autor que sempre me fascinou.

A leitura de seus poemas me lembra os sons de John Cage, compositor pelo qual também sou apaixonado, daí decidi usá-lo na trilha sonora do vídeo. Estou, então, curtindo John Cage, engaiolado em sua sonoridade, quando o telefone toca.

Continuei indiferente ao ruído insistente. De olhos fechados, só percebi minha mulher quando ela me cutucou. Dei um salto e quase lhe derrubei o telefone. Ela, incomodada:

– Tá surdo? É pra você. Fica ouvindo essas músicas esquisitas... Eu, hein?!

Peguei o telefone:

– Um momento, preciso abaixar o som (...) pois não. Quem

é? (...) Quem? Quem, pelo amor de Deus, de novo. Não aguento mais ouvir suas histórias. Chega. Minha paciência acabou. Agora andam me mandando mensagens por baixo da porta. Chega, Quem.

A mansidão da voz, seu tom grave e melodioso não deixava dúvidas: era Quem falando:

– Não se apoquente, meu rapaz. Vim me redimir. Pedir-lhe desculpas.

– Só pode ser mais uma de suas lorotas. A velha e batida conversa para boi dormir.

– Não peço para acreditar em mim. Apenas me ouça.

– Tá. Tô ouvindo. Desembuche.

– Desisti de lhe processar. Continuo considerando-o culpado, tenho provas disso, mas processá-lo seria um erro.

– Não entendo. Se você tem provas, por que desistiu?

– Você não entenderia. E acabei me arrependendo. Você é gente boa, tirando esse crime, mas tudo bem. O problema é que minhas intenções vazaram e agora você está sendo ameaçado mesmo, de verdade, pelo pessoal de Assombradado. E eu quero ajudá-lo a sair dessa. Afinal, fui eu que o coloquei nessa situação.

– E, como poderia me ajudar?

– Não sou eu, será um advogado, meu conhecido, que lhe dará toda a assessoria necessária.

– E quem vai pagar essa conta? – estava puto, ele armou a arapuca e eu é que pago? Ia reclamar um monte, mas ele não me deu tempo:

– Não se preocupe com isso. Ele vai lhe telefonar amanhã, às quatro da tarde.

– E como vou saber que não é um trote?

– Simples. Ele se identificará com a palavra "pato".

– Pato?

Desligou o telefone.

O começo do fim

O desassossego, que já não era pequeno, aumentou depois da última chamada de Quem. Tudo bem. Pode até ser neurose de minha parte ficar desconfiado. Até porque ele foi incisivo, direto, e sua voz soava confiança ao dizer-me que abandonaria o processo. Mas uma declaração dessas, vinda de Quem, não podia ser confiável. Afinal, suas histórias malucas, as fofocas que me contou ao longo desse tempo, apontavam para uma pessoa, no mínimo, esquisita. Enquanto ele falava, elas pareciam reais. Críveis. Depois que ele desligava o telefone, eu ficava matutando. Ao ouvi-las, pareciam-me lógicas, coerentes, mas, ao rememorá-las, percebia que as conexões entre elas estavam só em minha cabeça. E se essa promessa for parecida? Não. Não dá para acreditar em Quem.

Tem mais. Por que o advogado se identificaria como "pato"? Pato foi meu apelido quando adolescente. Ganhei-o porque contribuía para meu time, no jogo de futebol, perder todas as partidas. Só não pegou porque mudei de bairro. Anos depois, muitos anos depois, em Assombradado, contei essa história ao Evaristo e aí ele ressuscitou o apelido, mas também não pegou porque Evaristo foi embora logo em seguida e os encontros da turma rarearam lá na Ficcioneria, bar em que a gente se encontrava. Caso contrário, até hoje estaria sendo chamado de Pato.

No horário combinado, quatro horas da tarde, o telefone tocou. Do outro lado da linha, a palavra pato aveludou-se em meus ouvidos. Fosse uma voz feminina, sentir-me-ia atraído. Mas não, era a voz máscula e aveludada do advogado que se identificou como Dr. Wahol:

– Obrigado por atender-me. Antes de mais nada, a pedido do senhor Quem, devo informá-lo de que pode, e deve, acreditar nele. Para mostrar-lhe como ele está sendo verdadeiro, ontem mesmo, depois que os senhores saíram da entrevista no programa de rádio, ele encontrou seu editor e tranquilizou-o.

– Quem falou com o Claudinei?

– O senhor não está sabendo?

– Não. Ele não me falou nada.

– Estranho. Tem uma publicação dele no Facebook relatando esse encontro.

Incrédulo, pedi para ele esperar um minuto e abri a página. E não é que estava lá mesmo? Caramba! Por que ele não me contou? Voltei a falar com o advogado:

– Tem uma coisa que não entendo. Quem desistiu de me processar, colocou-me em contato com o senhor, um advogado. Desistiu de me processar, mas foi tranquilizar meu editor. Tem trampolinice nisso.

– Desculpe, senhor Cesar, mas não cabe a mim, na condição de advogado, fazer comentários sobre meus clientes. Estou sendo contratado para ajudá-lo em sua defesa e assessorá-lo no que for possível. Especialmente agora que sua imagem em

Assombradado, que diga-se de passagem, não era nada boa, piorou muito depois que souberam do lançamento de seu livro.

Tentava interrompê-lo, mas sua voz aveludada não dava espaço. Falava sem pausas, no mesmo tom, mesmo volume, chegava a dar sono.

– Sabe, senhor Cesar, fofocas em Assombradado viajam na velocidade da luz. Suas beberagens de ayahuasca, suas viagens pela Amazônia, até mesmo suas aventuras amorosas, antes vistas com bons olhos, ganharam novas roupagens. De príncipe de contos de fadas, o senhor tornou-se o representante das trevas. E sabe como são as coisas em Assombradado, as notícias viram histórias, lendas, até mesmo futricas e disse-me-disse. Fica tudo no ar. É só respirar. O oxigênio da cidade são as histórias.

Finalmente, ele fez uma pausa e não hesitei:

– Dr. Wahol – detesto chamar um advogado de doutor. Jamais conheci um que tenha defendido o doutorado – conheço muito bem o que acontece em Assombradado, mas quero saber por que o senhor está me ligando. Quem não suspendeu o processo?

– Ele, sim, suspendeu, mas algumas pessoas em Assombradado estão dispostas a dar continuidade. É nesse caso que entro para lhe defender. Posso garantir desde agora que, mesmo que percamos a causa, consigo reverter a pena para uma advertência de escritor perigoso em seu cadastro e o senhor continuaria em liberdade.

– Só isso?

– Para ser sincero, senhor Cesar, considero um pouco preocupante. Ainda mais agora que estão criando um sistema de vigilância de ideias. Vigiam gente que não se deixa abater, gente fiel a seus princípios. Os escritores e poetas são os primeiros a serem vigiados. Os vigilantes têm consciência de que as ideias criam asas na imaginação das pessoas. São como mato na calçada. Nascem nas frestas.

– De qualquer maneira, estou preocupado. Tem um fulano lá com provas contra mim. Dizem que vai apresentar amanhã, dia do lançamento do livro.

– Não se preocupe. Evitarei que isso aconteça.

– Pode me dizer como? E quanto pagarei por isso?

Desligou o telefone. Fiquei intrigado. Teria surpresas na hora do lançamento? A história continuaria a apoquentar-me? Melhor nem pensar.

Curto-circuito

Ouvindo conversa alheia

Palavra é foda!

Quando você menos espera, tchibum, você cai na esparrela por causa da palavra, se mete em encrenca e, muitas vezes, diria a maioria das vezes, é encrenca mesmo. Outras, são gratificantes. Depende da palavra. Ela carrega Deus e o Diabo no seu bojo.

Olha, não sou de ouvir conversa alheia. Mas, sem querer, ouvi trecho de uma quando voltava da Avenida Paulista, no ônibus 701-A10. Ah, por que ouvi aquele caco de diálogo? Poderia passar muito bem sem isso. Mas, não, foi ouvir e meu barco mergulhar na tempestade.

O irônico da coisa é a minha falta de curiosidade. Presto atenção em ninguém. Claro, sou educado, mas prefiro ficar distante, sem interesse pela vida alheia e a minha, só a mim interessa. Compartilho-a com poucos amigos e amigas dos novos e dos velhos tempos. Estes sim, me interessam.

Se não presto atenção, de jeito nenhum, no que os outros dizem, por que caí na esparrela ouvindo conversa alheia? Bem, aconteceu por acaso. Naquele dia, o ônibus estava mais cheio do que o usual. Depois que passei pela catraca, sentei no banco dos velhinhos, de costas para um homem que conversava com uma mulher sentada à janela. Mesmo que me interessasse pelo que diziam, não conseguiria ouvi-los. Além de falar baixinho, suas vozes mesclavam-se ao barulho do motor e ao burburinho dos passageiros. Quando o ônibus parou no ponto e o ronco do motor diminuiu, ouvi com clareza as palavras que me levantariam a lebre:

– A livraria pegou fogo e ele foi preso.

O motorista deu partida, o barulho do motor voltou. Ela perguntou, meio espantada:

– Sério?

Sou sócio de uma livraria e, claro, veio à mente a ideia maluca de que poderia ser a minha que tinha sido queimada. Curioso, virei um pouco a cabeça para ver quem falava e me surpreendi ao reconhecer a mulher, uma jovem de seus trinta e poucos anos, sempre vestida de secretária executiva, moradora num apartamento em cima do meu. Não a conheço pessoalmente, mas, às vezes, nos cumprimentamos nas escadarias do prédio, como vizinhos educados.

Os ruídos aumentaram e não ouvi mais a conversa. Duas palavras que ele pronunciou deixaram-me preocupado: livraria e fogo. Conheço muitos livreiros, alguns são amigos. Com um deles, inclusive, tenho uma relação comercial na qual apostei todas as minhas economias. Se a livraria pegou fogo, o prejuízo, certamente, será grande. E se a livraria incendiada for a dele? Como fica minha situação? Pode ser que ele não consiga me reembolsar. Bem, quando chegar em casa, ligo para saber.

O ônibus fez nova parada. Alguns passageiros desceram, outros subiram. Atrás de mim, a vizinha sorria enquanto dizia:

– Não é nada disso! Você está enganado.

O motorista acelerou, o barulho do motor voltou a aumentar enquanto a voz masculina - agora um pouco mais aguda e audível - respondia:

– Não estou enganado não. Se não tivesse me metido a besta, não tentaria roubar nem produzir um curto-circuito.

Espere aí, antes ele falou que a livraria pegou fogo, agora está dizendo que a roubou? Apesar das dificuldades auditivas, tinha certeza de ter ouvido corretamente. A livraria pegou fogo ou foi roubada? Minha curiosidade aguçou. Em vão. Ela mudou de assunto e falava das tentativas sedutoras de um amigo dela. Meu ponto se aproximava e me preparei para levantar-me. Ela fazia o mesmo, despediu-se de quem presumi ser seu amigo, não consegui ver-lhe o rosto, e levantou-se. Descemos.

Ela ia à minha frente, desviando-se dos degraus íngremes e irregulares da rua. Jovem ainda, é minha vizinha há pouco tempo. Olhei para aquele corpo esbelto, "bem torneado feito arte", como diz um amigo, e pensei que bem poderia abordá-la dessa vez e saber, afinal, se a livraria pegou fogo ou foi roubada.

Até falaria com ela se tivesse tido algum contato, fosse qual fosse. Mas, assim, sem conhecê-la pessoalmente, como me aproximar e fazer uma pergunta dessa? Seria chamado de bisbilhoteiro. Não. Melhor deixar quieto e ficar com essa dúvida. E foi o que fiz. Em minha cabeça a preocupação ainda rondava: incendiada ou roubada? Se a livraria fosse de meu amigo, eu estaria em risco?

Claro, chegando em casa, a primeira coisa que fiz foi ligar para meu amigo e sócio, mas o telefone estava desligado. Não me preocupei. Nos conhecemos desde a juventude e nunca nos distanciamos, pelo contrário, tornamo-nos íntimos. De um botar a mão no fogo pelo outro, como irmãos camaradas. Além do mais, conversamos poucos dias antes de ele viajar. E, para ficar ainda mais tranquilo, liguei a todos os amigos livreiros e nenhum deles tinha qualquer notícia de livraria roubada ou incendiada. Tudo não passara de preocupação besta.

Palavras são perigosas. A gente ouve alho, entende bugalho. Aí dá curto-circuito.

Levantando a lebre

Uma das coisas que mais gosto é ficar quieto no meu canto. Curtir minha vidinha medíocre, ouvir minha musiquinha, ler meu livrinho e ficar quietinho. Sem ninguém a me encher os bagos. Quando consigo tudo isso, sinto-me no paraíso. Aí, pimba, vem um tsunami e derruba tudo.

Aposentei-me há cinco anos com uma boa economia. Filhos criados, netos crescendo, havia chegado a hora de curtir a vida.

O dinheiro economizado, mais o salário de aposentado, daria para viver sem preocupações. Mas não. Se você está tranquilo, por que não cultivar um pouco a adrenalina?

Um amigo, amicíssimo, conheço há anos, apareceu-me outro dia com uma proposta fascinante e lucrativa. Sem entrar em detalhes, apenas posso dizer que exigia uma quantidade grande de dinheiro, maior do que minha poupança. Topei fazer um empréstimo para cobrir a diferença e fechamos negócio. Antes do vencimento da fatura, ele garantiu-me, o primeiro e polpudo lucro estaria em minhas mãos, a tempo de pagar o banco e ainda sobraria algum. Pois é, o vencimento está próximo!

Não. Não penso que ele tenha me enganado. Conheço-o há décadas, desde a época, em plena ditadura, quando vendíamos livros nas universidades e redações de jornais. Além do mais, sempre morou numa mansão nos Jardins. É descendente de gente rica. Jamais me roubaria. Ele não precisa disso.

Mas e se for mesmo a livraria dele que queimou? Ou foi roubada? A conversa no ônibus aumentou a inquietação das minhas caraminholas. Se for mesmo a dele, eu me ferro. Perco dinheiro e ainda posso ser processado. Uma simples visita à livraria resolveria o problema. Mas você sabe onde fica? Porque eu não. Minha mulher não se conforma. Investi tudo o que tinha com base só na conversa. No tal fio do bigode. Nem sequer fui conhecer a livraria, nem sei onde é, e nem adianta ligar, não tenho o telefone dela. E o celular dele está desligado. Para facilitar a vida do trouxa aqui, ele está viajando!

Com a cabeça caraminholando mais e mais, desesperei e liguei para o Eduardo, que também é livreiro. Fiquei mais preocupado. Além de não saber nada sobre meu amigo, nem sobre nenhuma livraria queimada ou roubada, disse que muitos casos de roubo sequer são registrados, portanto, não teria como saber, nem mesmo consultando os órgãos competentes!

Assim que desliguei o telefone, minha mulher chegou entristecida. Uma amiga dela, militante social numa comunidade próxima de Pinheiros, foi presa sob falsa acusação. Para piorar, ela lembrou que meu amigo é um dos líderes do movimento em que ela milita. Foi o suficiente para eu pensar: e se ele foi preso?

Minha mente virou uma máquina de produção e me encheu de desespero. Com as mãos trêmulas, voltei a pegar o celular e a ligar e nada. Continuava desligado. Na cabeça, os pensamentos rodopiavam em alta velocidade. O que lhe acontecera? Sabia que viajaria, mas, pelos meus cálculos, já deveria ter voltado. A data de vencimento da fatura bancária se aproxima e não tenho dinheiro para pagá-la. A voz de minha mulher bloqueou meus pensamentos:

– Cesar, quando seu amigo volta de viagem?

Foi quando me dei conta: ele está viajando há semanas, não pode estar preso. Cara, preciso relaxar! Estou é ficando maluco. Melhor sair. Nessas horas é bom nem ficar em casa. A taquicardia bate, falta ar e a cabeça parece panela de pressão, prestes a explodir.

Fui até o Bar das Empanadas. Lá, pelo menos, bebendo uma cerveja, comendo uma daquelas delícias que eles fazem, poderia desanuviar um pouco. Foi a melhor coisa que fiz. Ao chegar, encontrei a jovem do ônibus. Hesitei um bocado antes de me aproximar. Ela estava sozinha, sentada à mesa, bebendo cerveja, e eu com medo de ser mal interpretado. Afinal, poderia achar que estivesse tentando seduzi-la quando queria apenas esclarecer as informações que ouvi no ônibus dadas pelo seu amigo. Preocupações vãs. Assim que me aproximei, ela sorriu e me reconheceu como seu vizinho. A partir daí, ficou fácil. Contei-lhe minhas angústias financeiras e precisava saber qual livraria havia sido roubada ou incendiada:

– Seu amigo falou de uma livraria, um curto-circuito...

Ela me interrompeu, com um sorriso:

– Ah, foi o Hermes que tentou roubar, mas não sei se foi livraria não. Sei que ele foi preso por causa do curto-circuito frustrado.

Pedi-lhe que me colocasse em contato com o Hermes. Ela brincou com o anel em seu dedo, pensativa. Depois me disse:

– Difícil que ele fale com o senhor. Ele é muito reservado. Não tem telefone, não usa redes sociais e não conversa com estranhos.

– Mas a senhora não lhe é estranha – respondi – e poderia, por favor, nos colocar em contato para que eu possa esclarecer esta dúvida. Assim, pelo menos, ficarei tranquilo.

Meu rosto é espelho de minhas ansiedades. Por mais que evite falar, ele revela meu estado de espírito e ela percebeu. Ou se não percebeu, pelo menos teve compaixão. Disse que entraria em contato com ele e, dependendo do resultado, me forneceria o endereço. Teria que esperar um ou dois dias.

Diante desse quadro, nada a fazer. Quem sabe, antes disso, meu amigo apareça e eu consiga resolver essa questão. Preciso, porque minha cabeça está em curto-circuito.

Comunicando-me com Hermes

Até que minha vizinha, Eva, esse é seu nome, foi muito simpática. Pela manhã, a campainha tocou e, para minha surpresa, era ela com uma boa notícia. Seu amigo Hermes havia concordado em falar comigo e permitiu-lhe dar-me seu endereço. Pulei de alegria. Agora poderia, pelo menos, saber qual a livraria que foi roubada ou incendiada. Tudo bem, isso não me resolveria o problema do pagamento da fatura bancária, mas sabendo que a livraria não era a de meu amigo, ficaria aliviado. Teria a garantia de pagar a dívida e não perder o investimento. Pode até ser clichê, mas que é um rico dinheiro, isso é. E não quero perdê-lo, por nada. O problema é que meu amigo continuava incomunicável. Telefone desligado!

Não perdi tempo. Hermes mora numa das ruas perto de casa, não levaria mais do que dez minutos para chegar. Saí imediatamente. Estava tão ansioso que sequer ofereci um café à minha vizinha.

A rua, estreitíssima e sem saída, é uma das típicas da Vila Madalena em seu lado mais empobrecido. Logo no início, tapumes de madeira protegiam a parede de uma casa em reforma. Depois, um grafite multicolorido numa casa térrea, com uma pequena área de serviço. As demais seguem o mesmo padrão e umas poucas, de gente mais avantajada, têm um espaço amplo em frente para estacionar carros, pois, na estreiteza da rua, não há nenhuma condição de estacionamento. Pelo número, a de Hermes deveria estar mais para o final, próxima do muro em semicírculo, maior do que a largura da rua, onde vários carros estavam estacionados. Aliás, único lugar onde cabiam alguns.

Diante do pequeno hall da casa, parei e toquei a campainha, mas não ouvi sinal. Insisti, sem sucesso. Devia estar quebrada. Abri o pequeno portão de ferro e bati à porta. Esperei. Ninguém apareceu. Bati com mais força e, para minha surpresa, a porta afastou-se. Estava aberta. Empurrei-a, olhei para dentro e chamei:

– Hermes, Hermes.

Ninguém respondeu. Sem hesitar, empurrei a porta e avancei. Dei dois ou três passos e senti um braço dando-me uma gravata. Quase sufoquei. A situação piorou porque o sujeito colocou uma arma em minha têmpora e ouvi o som típico do gatilho sendo armado. Tremia inteiro. Ouvi a voz masculina quase gritando em minha orelha;

– Quem é você? E o que quer de mim?

Bati levemente no braço que me engravatava, dando a entender que precisava de ar. Ele afrouxou o braço, sem me largar e sem tirar a arma de minha têmpora. Expliquei-lhe quem eu era e quem me havia indicado. Ele soltou-me, desengatilhou o revólver, guardou-o na cintura, pediu desculpas e convidou-me a sentar.

Respirei fundo, procurando controlar a tremedeira, e sentei-me. Ele sentou-se numa poltrona à frente do sofá, colocou os pés sobre a mesinha de centro e, sentindo-se mais confiante, explicou:

– Falei para Eva que você deveria bater na porta usando um código simples. Três batidas, esperar alguns segundos, dar duas batidas, esperar mais alguns segundos e voltar a bater três vezes. Você não fez isso e fiquei preocupado. Estou sendo perseguido, sabe, e achei que fosse um deles. Mas, afinal, o que você quer de mim?

Embasbaquei diante daquela informação, nova para mim. Eva me deu o endereço sem falar nada de código. Certamente, para evitar o ridículo de parecer personagem de filme B. Só que o silêncio dela me botou um cano de revolver na cabeça! Como ele parecera ter relevado o assunto, limitei-me a responder sua pergunta:

– Só um esclarecimento. Ouvi sua conversa com ela no ônibus e, como estou com problemas com um amigo livreiro, que é meu sócio, achei que você poderia identificar se a livraria que pegou fogo, ou foi roubada, sei lá, é desse meu amigo.

Ele começou a rir:

– Eva é maluca. Não roubei nem taquei fogo em nenhuma livraria não.

– Não? Ouvi você falar para ela que tinha até produzido um curto-circuito!

– Não, irmão, não roubei livraria nenhuma. Muito menos taquei fogo. Como você é amigo dela, posso te contar. Tentei roubar a empresa que trabalhava e, para disfarçar o roubo, produzi um curto-circuito que não deu certo. Acionei o alarme e fui pego em flagrante. E não era livraria não, era uma empresa de informática.

– Sério?! Mas, tenho certeza, ouvi você falar de uma livraria.

– Você está enganado. Não fui eu não.

Confesso que fiquei meio desconfiado. Achava que ele

escondia alguma coisa. Mas, por que esconderia? Insisti mais algumas vezes, e ele repetia convicto não ter sido ele a falar de livraria.

– Não conheço nenhuma livraria. Nunca entrei em uma e detesto ler.

Nada mais tinha a fazer ali. O jeito era voltar a falar com Eva e esclarecer esse imbróglio. Despedi-me de Hermes, desculpei-me pelo transtorno e fui direto para casa. A ansiedade aumentava e a cabeça rodopiava. Ao chegar ao prédio, fui direto ao apartamento de Eva. Toquei a campainha várias vezes. Nada. Deve estar trabalhando, pensei, o negócio é esperar até à noite, quando ela voltar para casa.

Minha cabeça estalava. O curto-circuito frustrado de Hermes transferiu-se para meu cérebro, com sucesso.

Retorno à fonte

A cada dia ficava mais desesperado. Meu amigo e sócio continuava desaparecido. Até agora não sei qual foi a livraria que pegou fogo ou foi roubada. A conversa com Hermes foi um desastre. Ele quase me sufocou com aquela gravata em volta do meu pescoço e, ainda por cima, com uma arma engatilhada em minha cabeça. A data de vencimento da fatura bancária se aproximava e não sabia de onde tirar dinheiro.

Ontem, depois de voltar da casa de Hermes, passei o dia batendo à porta da vizinha, que não estava. Burocrata como só, o síndico do condomínio recusou-se a dar-me o telefone dela. Como fui besta! Por que não pedi quando a encontrei no

Empanadas, há alguns dias? Espreitei o dia todo. Qualquer movimento que ouvia no corredor, corria para checar. Só consegui reencontrá-la mesmo foi à noite, quando ela chegou por volta das nove horas. E só a encontrei porque continuava vigiando cada pessoa que entrava no prédio. Ao vê-la da janela de minha sala, abrindo o portão de entrada, desci imediatamente. Ela estava subindo as escadas e eu a parei.

Apesar do horário, ela devia estar cansada depois do trabalho, atendeu-me com carinho, convidando-me a ir até sua casa. Aceitei na hora.

Em sua sala, na parede colada à porta, uma enorme estante cheia de livros em completa desordem. Romances ingleses misturavam-se a livros de poesia japonesa, poesia italiana misturada com literatura francesa. Uma bagunça. Ela ofereceu-me um chá, aceitei e, enquanto examinava sua biblioteca, ela ficou na cozinha.

Voltou com uma bandeja contendo uma chaleira com água fervente, um chá em pó num recipiente de cerâmica, uma espátula de madeira e duas xícaras, também de cerâmica. Um chá, fresquinho e quente, era ideal para um dia frio. Colocou a bandeja sobre a mesa de centro e convidou-me a sentar no futon vermelho, por sinal, bastante desconfortável. Atrás dele, várias reproduções artísticas: pinturas orientais, fotos ampliadas e um tacape pendurado verticalmente, ao lado do futon. Em frente, uma televisão e mais quadros, dentre eles, um com arte aborígene australiana que me fascinou.

Ela preparava o chá em silêncio. Meio acanhado, procurei iniciar a conversa, mas não me deu atenção. Continuou mexendo o conteúdo da xícara com a espátula de madeira, passou-me a xícara e repetiu o procedimento com a outra e começou a beber. Acompanhei-a. Aquele silêncio, quebrado apenas pelo barulho externo produzido pelos funcionários da Comgás trocando encanamentos, me constrangia. Desconheço os procedimentos ritualísticos da cerimônia do chá, mas, pelo jeito, era um ritual que estava presenciando. Resolvi ficar quieto, saborear o chá e admirar aquelas obras artísticas, em especial o quadro aborígene.

Só depois que terminamos de beber é que ela me dirigiu a palavra:

– O que o aflige tanto, senhor Cesar. Parece que continua angustiado? A conversa com Hermes não deu certo?

– Para dizer a verdade, não. Ele me disse que não roubou, nem colocou fogo em nenhuma livraria – evidentemente, não lhe contei o susto que passei com seu amigo. Achei que a deixaria constrangida.

– O senhor me desculpe, – falou sorrindo – mas achei que fosse o Hermes, porque ele, de fato, tentou roubar a empresa na qual trabalhava, mas não sei qual é. Só sei que foi pego por causa do curto-circuito frustrado. Ele deve ter lhe contado, não?

– Sim, ele falou exatamente isso. E aí não entendi por que ouvi com clareza ele no ônibus falando da livraria.

Sua reação me embaraçou. O que falei de tão engraçado? Por que ela ri? Detesto-me quando falo besteira sem saber que é besteira! Fiquei sem jeito até que ela me esclareceu, enquanto ria e batia a mão na perna:

– Não, não, não. Quem falou de livraria foi o Guimarães, não o Hermes.

– Guimarães? Mas eu ouvi, tenho certeza.

– Naquele dia, depois que o Guimarães saiu, apareceu o Hermes e sentou-se ao meu lado.

– No mesmo dia e no mesmo ônibus?! Bem que percebi uma alteração no tom da voz, mas achei que fosse a mesma pessoa. Então, taí a origem de minha confusão.

– Bem, pelo menos o Guimarães é mais acessível e posso lhe dar o endereço. Guimarães é menos complicado que o Hermes, garanto.

– Espero que sim.

Àquela hora da noite, nada poderia fazer. No dia seguinte, logo cedo, iria atrás do Guimarães. Apostava minhas fichas na crença de que ele me ajudaria a interromper o curto-circuito de minha cabeça.

Entrando em desespero

Estava tão desesperado que me levantei cedo, o que, para mim, é um puta sacrifício, pois sou notívago e costumo dormir lá pelas quatro, cinco da manhã. Apesar da noite mal dormida, antes das oito já estava na frente do prédio do Guimarães. Prestes a tocar a campainha, pensei, melhor dar mais um tempo. O cara não me conhece e, de repente, pode estar dormindo. Perambulei quase uma hora pelos arredores, um dos conjuntos do BNH, na Vila Madalena. Lá pelas nove horas toquei o interfone. Ninguém atendeu. Insisti várias vezes, nada! Decidi voltar mais tarde. Não saiu, porque, durante minhas perambulações em torno do prédio, só vi alguns jovens nos arredores.

Talvez ele esteja dormindo e não queira me atender. Melhor voltar mais tarde.

Antes de entrar em casa, fui até o apartamento de Eva. Ela, gentil como sempre, me atendeu, mas, não sabia do paradeiro do Guimarães. Tentei me consolar e racionalizei: saber se foi a livraria de meu amigo que pegou fogo ou foi roubada, não resolveria meu problema de falta de dinheiro. A única solução estava com meu amigo livreiro, mas por onde ele andava? Liguei várias vezes em seu celular que continuava desligado.

Angústia pouca é bobagem. Minha mulher voltou para casa por volta do almoço com más notícias: mais dois militantes do movimento social do qual meu sócio participa foram presos. Fiquei ainda mais desesperado. E se ele também foi preso? Minha mulher tranquilizou-me:

– Calma, Cesar. Não pode ter sido preso, porque ele está viajando.

– Mas, por que o celular está desligado? Ele deveria ter voltado há alguns dias. E não dá sinal de vida. E como faço para pagar o banco? O vencimento está próximo!

– Ora, ligue pro banco e peça um adiamento!

Foi o que fiz. Em vão. Nosso sistema bancário é cruel. Nenhuma chance de adiamento e, pior, se pagasse atrasado arcaria com a multa, que não é pequena, e com os altíssimos juros.

Depois do almoço, voltei à casa do Guimarães. Toquei o interfone várias vezes sem obter resposta. Questionei um jovem que estava saindo do prédio, mas ele não o conhecia. Aconselhou-me a perguntar para a administração do condomínio. Fui até o escritório, pedi que eles apenas me confirmassem se Guimarães morava mesmo ali, mas nenhum dos funcionários deu qualquer notícia. Eram proibidos de fornecer qualquer tipo de informação.

Rodopiei a tarde toda em volta do prédio, na esperança de que o Guimarães aparecesse. A cada um que entrava, perguntava se era o Guimarães. Uns olhavam-me de esguelha, como quem diz, quem é esse maluco, outros, diria mais corajosos, respondiam não. Voltei para casa com gosto de derrota na boca.

Fui fazer um café e, pasme, quebrei um objeto de estimação de minha mulher, o bule de cerâmica desenhado por sua tia. Ela sempre teve ciúme desse bule. Não consegui evitar a queda. Ele escorregou de minha mão e, bem, ela chegou, não engoliu a explicação e quebrou o maior pau.

Veredas

Desde que ouvi aquela conversa no ônibus, há cinco dias, mal consigo dormir. Essa noite foi pior. Não fechei os olhos. Meu amigo e sócio livreiro continua com o celular desligado e sem dar notícias. O banco recusou-se a adiar a data de vencimento e o Guimarães, que poderia aliviar um pouquinho minha angústia, não foi encontrado. Minha mulher, depois que quebrei seu bule, nem olha para minha cara. Merda pouca é bobagem!

Antes do nascer do sol, saí e fui até o posto de bicicletas, peguei uma e pedalei em disparada pelas ruas íngremes da Vila Madalena. Tentava me concentrar nas pedaladas, mas a cabeça estava fora do ar. Quase atropelei um pedestre. Pedalei umas duas horas. Voltei para casa, tomei um banho, fiz café, tentei fazer as pazes com minha mulher, levando-lhe o café na cama. Ela aceitou, só o café! Resolvi sair.

Era perto das dez horas da manhã quando toquei o interfone do apartamento do Guimarães. Dessa vez, dei sorte. Ele me recebeu assim que lhe expliquei que foi Eva quem havia me dado seu endereço. Ao entrar em seu apartamento, sentia-me como se tivesse tirado um fardo das costas.

Guimarães é um sujeito alto, moreno, pele clara e olhos azuis. Muito gentil e bem-falante. Antes que lhe explicasse qualquer coisa, perguntou-me com certa curiosidade qual era minha relação com Eva. Contei-lhe todo o ocorrido. A conversa no ônibus. Minha angústia em saber o que de fato tinha acontecido com a livraria. Ah, claro, e que minha relação com ela era apenas de vizinho. Ele relaxou.

– Ainda bem que você é só vizinho dela.

– Desculpe, Guimarães, não entendi.

– É que sou apaixonado por ela e achei que vocês pudessem ter algo mais íntimo, sabe? Outro dia tentei dar-lhe um beijo e ela ficou muito brava. Disse que estava num relacionamento sério. Um sujeito mais velho e, quando te vi, achei que você fosse esse sujeito.

– Fique tranquilo. Sou apenas seu vizinho e preciso esclarecer mesmo de quem é essa livraria que foi roubada ou pegou fogo, não sei. Até porque você me deixou em dúvida na conversa com ela no ônibus. Primeiro falou que a livraria tinha pegado fogo, depois ouvi que tinha sido roubada.

À medida que eu falava, ele ria. Quando terminei, ele quase gargalhava. Fiquei confuso.

– Desculpe, Cesar. Não estou rindo de você não. É da situação que acabei criando. Não existe nenhuma livraria, nem queimada, nem roubada. É tudo invenção minha.

– Invenção sua?!

– É. Invenção minha. Eva é apaixonada por literatura, sabe? É uma leitora voraz. Adora romances e poesias. E tem poetas e escritores na mais alta consideração. Sabe esse tipo de gente que endeusa os escritores? Pois é. É ela.

– Não estou entendendo.

– É simples. Desde que a conheci, há alguns meses, me apaixonei. Tentativas de seduzi-la houve várias. Levei-a para jantar, convidei-a ao cinema, ao teatro. Ela sempre aceitava o convite, mas, na hora H, fugia da raia.

Soube que ela tinha um namorado há pouco tempo, quando forcei um beijo. Felizmente me perdoou. Aí descobri seu fascínio pela literatura e o endeusamento que ela faz dos autores dos livros, sem jamais ter conhecido qualquer um deles. Foi aí que resolvi mudar minha estratégia, inventei que escrevo e, a cada encontro, falo do livro que estou escrevendo. Não sou, nunca fui e nunca serei escritor. Escrevo mal para burro. Pelo menos, depois que disse ser escritor, ela me olha diferente, com mais carinho, sem, contudo, me dar espaço para seduzi-la. Um dia, quem sabe, talvez um dia, quem sabe, um dia...

– Então, essa história da livraria é invenção?

– Claro! Nesse dia, no ônibus, contei essa história baseado num convite que havia recebido, lançamento de um livro de poesia chamado Curto-circuito. E ela gostou da história!

Saí do apartamento do Guimarães com um sorriso nos lábios. Agora tinha certeza, não havia livraria nem queimada, nem roubada e, portanto, meu investimento estava preservado. Restava uma dúvida: meu amigo, voltaria a tempo de salvar-me do banco?

No umbigo do sonho

O convite

Era fim de tarde, daquelas que o ventinho frio de inverno penetra e a gente treme inteiro, e eu passeava por ruas pouco movimentadas. Deveria caminhar feliz, flanar, comemorar, afinal, estava prestes a lançar meu livro, mas sentia-me abatido, acabado. Se a novela que levei anos escrevendo vinha a lume, pouco me lixava. Mais uma vez, minha vida mudava de rumo e eu, de bairro. Ao menos, não era de cidade. Só de bairro e de estilo de vida. Reaprender a viver com meu alter ego e a deixar a porta do banheiro aberta.

Nada desses entreveros domésticos e familiares incomodava-me tanto quanto o fato de estar há meses sem escrever. Sentava-me à frente do computador e o que poucas vezes conseguia era reescrever histórias antigas. Deletei a maioria.

O azedume foi crescente e o resultado... Foda-se o resultado. Virei um zumbi eletrônico!

O ânimo só voltou a crescer quando o amigo, o poeta Rubens Jardim, pediu-me para prefaciar sua antologia, *A Poesia Nos Anos Sessenta*. Já havia me apaixonado com o original, um panorama bastante completo da produção poética da década. Animado, escrevi a primeira versão. Ficou ruim. Escrevi a segunda. Ficou pior. A terceira, então, nem me fale. Parecia um conto mal contado. Desisti e tentei pela quarta vez. Abri novo arquivo. A luminosidade branca da tela imobilizou meus olhos e as mãos ficaram suspensas sobre o teclado. Ignoro quanto tempo fiquei idiotizado nessa posição. Quando despertei dessa mistura de incapacidade com falta de criatividade, desliguei o computador, vesti meu casaco e saí.

Ao descer do carro, evitei as ruas mais movimentadas e perambulei. As imagens do livro, os poemas, não me saíam da cabeça, reavivando minha incapacidade. Queria esquecer. Andar e esquecer. Andar. Quando me dei conta, estava numa rua estreita, encoberta pela sombra dos prédios e, mais à frente, um beco espraiando uma luminosidade multicolorida. Aguçado pela curiosidade, acelerei o passo e vi, logo à entrada, uma série de latões de lixo encostados na parede à esquerda do prédio, embaixo da escada de incêndio. Ao fundo, a parede com tijolos à vista e, à direita, a parede do prédio vizinho completava o desenho do beco. Da parede do fundo, uma luz intermitente do que me parecia serem letras luminosas. Não conseguia vê-las direito. Uma assemelhava-se à letra P, mas também podia ser um R. A segunda era ilegível e a terceira parecia com a letra

L. Seguia-se um intervalo e três outros caracteres explodiam em luminosidade; de repente, apagavam sem que fosse possível decifrá-los. Meu celular tocou. Era Dagoberto, meu amigo investigador de polícia, com sua voz de quem não quer nada, convidando-me:

– É a chance que você tanto queria. Um caso que pode lhe dar uma boa história para sua novela policial. A gente vai interrogar um suspeito que queimou a namorada dentro do cinema. Quer assistir?

– Porra, Dagô, o que vai adiantar assistir a um interrogatório? Ainda mais com um incendiário feminicida! Não tenho o menor interesse!

– Venha pra cá, assista ao interrogatório e aí lhe dou mais informações. Tenho certeza, você vai querer saber mais. Cada vez mais. O caso é bem curioso. Depois, você não perde nada. Na pior das hipóteses, tomamos uma cerveja e matamos a saudade. Faz tempo que a gente não se vê!

– Tá bem, Dagô. Tô indo.

Coloquei o telefone no bolso e vi, à minha frente, um grande espelho pendurado no fundo do beco. A placa luminosa, com o letreiro, havia desaparecido e certamente eu havia sofrido alguma ilusão de ótica, porque a luminosidade intermitente continuava, mas era produzida pelas luzes da rua. Diminui meus passos para melhor apreciar cada uma das imagens refletidas no espelho.

Ao fundo, uma praça pública muito parecida com a que tem perto de minha casa na Vila Madalena. Não estivesse na Zona Leste, diria que aquela praça era de lá. Em primciro plano, minha imagem caminhando lentamente pelo beco. Atrás de mim, vinha um homem. O que ele estava fazendo aqui? Não havia nenhuma saída, nenhum lugar para ir. Certamente, ele era algum marginal e eu, sua vítima. Ele se aproximava cada vez mais. Sua imagem aumentava. Minhas pernas começaram a bambear. Tentei lembrar-me de algumas técnicas de lutas marciais aprendidas há longo tempo, mas a memória não funcionava. O homem se aproximava. Minhas pernas bambeavam. Meus punhos se cerravam. Sabia que era inútil, mas precisaria me defender de alguma maneira. Ele estava muito perto, quase encostando em mim. Virei-me brusco. Ele passou e entrou no espelho. Eu fui atrás.

Um maluco na praça

Não me pergunte o que me levou a segui-lo. Foi um ímpeto. O medo cresceu assim que vi aquela sombra no espelho. Quando ele chegou perto, apavorei de vez, mas o medo sumiu e me vi atrás dele, aqui na praça.

Olhei o relógio. Tinha certo tempo. Então, percorri suas trilhas internas, apreciei a criançada jogando bola, brincando no gira-gira, no balanço Aí sentei num banco de pedra e acendi um cigarro. Que delícia esse *dolce far niente*! Pena que fiz isso muito pouco enquanto morei aqui. Agora, restará a saudade. Estava prestes a apagar o cigarro no cinzeiro improvisado ao lado do banco quando alguém corria e gritava em minha direção:

– Não jogue não. Dê pra mim!

Ele parou, meio ofegante, e insistiu que eu lhe desse a bituca. Recusei. Era um rapaz moreno, pouco mais de trinta anos, cabelos compridos que se misturavam com a barba enorme e descontínua. Sua palidez esquelética, minimizada pelos óculos escuros, era indício de pessoa sofrida. E sua voz, titubeante, fraquinha ainda que grave, reforçava-me essa sensação.

– Meu amigo, veneno compartilho com prazer – chalaceei e tirei o maço de cigarros do bolso, estiquei um e lhe ofereci. Ele deu um enorme sorriso, perguntou se podia sentar-se ao meu lado. Consenti. Acomodou-se e acendeu o cigarro. Tragou, soltou a fumaça aos poucos, brincando com suas formas efêmeras, virou-se para mim, aproximou-se de meu rosto e, apontando para o cigarro, sussurrou:

– Você é um cara legal. Merece saber a verdade.

Pronto! Lá vem mais um maluco espumar coisas malucas de suas vidas malucas. Foi o que pensei quando ele continuou:

– Você nasceu há dez mil anos!

Primeiro, olhei-o meio constrangido. Pensar o que diante de um negócio desse? Depois, achei graça. Segurei, mas o riso foi mais forte e saiu. Pedi desculpas. Ele nem ligou. Continuou:

– Você não existe. É sombra. Quando você nasceu, começou a projetar-se em tempos diferentes, em universos diferentes. Hoje, você é o você de dez mil anos atrás vivendo em muitas dimensões. Mas só lá, na dimensão profunda, é que você existe de verdade. Mas lá, você é eu e eu sou você.

Enquanto ele falava, e não parava de falar, a sensação de que o conhecera de algum lugar aumentou. Onde? Quando? Não fazia ideia. Como ele chegou com aquele papo de nascido há dez mil anos, lembrei de Raul Seixas e resolvi zoar:

– Por acaso você é o Raul Seixas?

Ele não respondeu. Tirou os óculos, fixou seu olhar macilento em mim e, levantando-se vagarosamente, saiu cantando "Gita":

– Eu sou a luz das estrelas/eu sou a cor do luar/eu sou as coisas da vida...

Antes que ele desaparecesse na escadinha em direção à Rua Natingui, meu celular tocou. Era o Dagoberto me convidando para ir até Franco da Rocha, no Hospício de onde o incendiário fugira antes de tocar fogo na namorada.

Desliguei o telefone e saí pelo beco, em direção à delegacia.

Suspeito

Desci a escada até a recepção, formada por um balcão aberto no hall, cercado de câmeras de vigilância, uma em cada parede. À entrada, observei um número maior de policiais em torno do prédio, mas não dei maior importância. A recepcionista, usando de todo o poder que o cargo lhe confere, antes que eu pronunciasse qualquer frase, apontou para a maquininha colocada na ponta do balcão e ordenou:

– Tira a senha!

– Quero falar com o...

– Tira a senha!

– Moça, vim falar com Dagoberto, o investigador.

Mal-humorada, pegou o interfone. Desligou e, sem se levantar da cadeira, esticou o braço em direção à direita e – o rádio estava num volume muito alto – meio que gritou::

– É por esse corredor. Última sala à direita.

Mal dei três, quatro passos e quase fui atropelado pela escolta policial conduzindo cinco jovens algemados, dois com as roupas manchadas de sangue. Dei-lhes passagem. Logo eles entraram numa das salas do corredor.

Primeiro, ouvi um berro de alguém pedindo para desligar o rádio, depois, um jovem passou correndo por mim. Logo em seguida, pouco antes de Dagoberto aparecer no corredor, o rádio foi desligado.

– Vamos direto pro interrogatório, depois a gente conversa. Estamos atrasados – resmungava Dagoberto, enquanto me abraçava e me conduzia até a sala no fundo do corredor.

De fato, ao entrarmos na sala escura, o jeito de falar do delegado me deu a sensação de que chegara ao final. Aí achei que a coisa ia demorar mais tempo quando o delegado se levantou e deu um tapa no rosto do infeliz.

– Vai dizer que você não é esse cara da foto? – gritava o delegado, enquanto esfregava a fotografia no rosto do rapaz, visivelmente mais incomodado pelo facho de luz, do que com sua semelhança com a foto.

Como resposta, uma voz grave, quase sem energia, balbuciava inocência: fósforos, só usava para acender o cigarro e o fogão, jamais para queimar alguém e muito menos incendiar o cinema.

O delegado deu por encerrado o interrogatório e o liberou. As luzes se acenderam. Ele passou por mim a uma certa distância e tive a sensação de já tê-lo visto. Seus cabelos longos, misturados com a barba enorme e desigual, e a palidez esquelética lembraram-me de alguém conhecido. Quem? Não sei. Dagoberto também desconhecia qualquer pessoa assemelhada ao suspeito.

Se antes meu humor já inexistia, depois daquele interrogatório, piorei. Queria era ficar quieto, mas Dagoberto me conhece e acabei confessando estar perdendo tempo ali. A resposta foi uma gargalhada e o convite para irmos até sua sala, onde me ofereceria um café e me daria mais detalhes sobre o caso.

– Putz! Isso é um *chafé*, Dagô!

– O café é ruim, mas o caso é bom. Olhe só: você não está querendo criar um personagem múltiplo? Um ser mutante? Esse cara, o incendiário, é o próprio. Antes de chamá-lo, investiguei. Tem N crimes cometidos por ele, com identidades diferentes. Só não mudou a digital.

– Dagô, agradeço muito, mas não estou interessado. Preciso resolver minha vida. Terminar a mudança. Lançar o livro que já está prontinho. Só preciso de um pouco de ânimo, não de um incendiário.

O interfone tocou, Dagô atendeu. Desligou, pediu para que eu esperasse e saiu.

Aproveitei a espera e relaxei. Acomodei-me na poltrona, fechei os olhos e fiquei quietinho até o soar estrepitoso do celular. Levantei-me, tirei o telefone do bolso e atendi. Dei um ou dois passos para esticar o corpo e sair daquele estado de torpor. Do outro lado da linha, ninguém respondia. Diante das respostas mudas aos meus insistentes alôs, desliguei, enfiei o telefone no bolso e saí.

No hospício

A preocupação tinha me tomado por inteiro quando ouvi Dagoberto ao telefone. Sua voz soava diferente. Além de quase sussurrar coisas que me pareciam desconexas, pedia-me ajuda. Pedia não, exigia, pois eu era a única pessoa com quem poderia contar. Salvaria sua vida. Mas recusou-se a dar detalhes e me intimou:

– Passo aí em cinco minutos. Espere-me na esquina.

Apesar do clima ameno em pleno inverno e, sem saber a que horas voltaríamos, peguei uma jaqueta e saí. Dagoberto atrasou dez minutos. Chegou em seu fusquinha velho, conservado, meio esverdeado e apelidado de carro expressionista. Achava a imagem meio forçada, mas ela pegou.

Mal esperou eu entrar no carro, Dagoberto acelerou, quase bateu no táxi à sua esquerda, ultrapassou o semáforo vermelho e entrou na rua à direita.

– Dagoberto, pelo amor de Deus! Por que essa correria? Para onde vamos?

– Para Franco da Rocha.

– Franco da Rocha? Fazer o quê?

– O incendiário esteve internado lá. Foi de lá que ele fugiu.

– E o que tenho a ver com isso, Dagô?

– Você vai me ajudar a entrar no pavilhão onde ele ficou internado.

– Cê tá maluco?! Como é que eu vou lhe ajudar?

–A sua tia Ruth trabalha nesse pavilhão. Se você falar com ela, a gente consegue acessar o prontuário dele.

– Não, Dagô, não é possível. Há anos não vejo esses meus parentes de Franco da Rocha. Nem sei quem ainda está vivo! E o que vou dizer pra tia Ruth depois de tantos anos sem vê-la? Oi, titia querida. Que saudades! Quanto tempo! Não, Dagô, não faz sentido. É só pedir um mandado judicial. Não precisa me envolver.

– Simples não é. Não posso fazer isso. E também não posso comentar essa operação. Só posso dizer que confio em você e de você dependo. É importante. E você vai me ajudar, né?! Inventa uma história pra sua tia. Diz que sua vida de poeta e escritor é muito intensa, que você se fecha no seu bunker e só escreve, escreve. Garanto que ela vai ficar feliz em saber que o sobrinho é escritor. Se é que já não sabe.

Impossível recusar a qualquer pedido a Dagoberto depois de tantos anos de amizade e ajuda recíproca. Com a minha tia inventaria uma desculpa qualquer, só não sabia como teríamos acesso ao prontuário do suposto criminoso sem um mandado judicial.

A recepcionista nos conduziu até a sala da diretoria. Tia Ruth terminava de falar ao telefone. Olhou-me fixo, deu um largo sorriso, levantou-se e veio em minha direção. Beliscou com delicadeza meu rosto e falou bem alto, enquanto me abraçava:

– Essas bochechas lindas. Fui eu quem as fiz, sabia?!

Evitei que ela contasse toda a história, que costumava ser longa, cheia de detalhes, sobre o tempo em que eu era bebê e ela apertava minhas bochechas, vangloriando-se de tê-las criado. Dagoberto franziu a testa quando percebeu que eu a impedia de falar, preocupado que estava em conseguir informações sobre o suposto incendiário. Minha tia não deu importância aos meus cortes meio abruptos, indelicados, só deu risada, exclamando:

– Você não mudou nada. É o mesmo menino malcriado de sempre.

Voltou a dar risada e, enquanto nos servia um café horroroso, açucarado e fraco, ouvia as explicações de Dagoberto sem esboçar qualquer reação. Volta e meia esgueiravao olhar para mim com seus olhos castanhos e desconfiados. Estranhei esse tipo de comportamento, tanto o formal para com meu amigo, muita seriedade para o jeito dela, brincalhona o tempo todo, e seu misterioso olhar de esguelha.

Para minimizar o sofrimento de beber aquele veneno, dei três goladas prendendo a respiração em cada uma delas para não sentir o sabor. Felizmente, a xícara era pequena. Dagoberto concluía sua fala quando coloquei a xícara na bandeja. Minha tia, vendo minha careta enquanto bebia o café, não perdeu tempo em ignorar meu amigo, virou-se para mim, novamente sorridente e brincalhona, e gracejou:

– Meu sobrinho querido, até tomando café você faz cara feia? Lembra quando você tinha uns dez, onze anos...

– Tia, desculpe. É que estou com um pouco de pressa. A senhora poderia, por favor, ajudar o Dagoberto? Tenho compromisso agora à noite. Outro dia eu volto pra gente relembrar o passado.

Dagoberto se mexeu inquieto na cadeira. Receava que meu comentário, abrupto e direto, atrapalhasse seu acesso ao prontuário. Se conhecesse minha família, e especialmente essa tia, ficaria tranquilo, ainda que nada nos garantisse conseguir o que queríamos. Tia Ruth era muito dada à trela. Se deixasse, emendava uma palavra na outra, sem pausa e eu, desde que chegáramos, fui acossado por um sentimento de impaciência. Tudo o que queria era resolver o assunto e cair fora. Por outro lado, ela estava acostumada, e não dava importância, a ser cortada de forma ríspida por filhos e parentes próximos.

Ouviu-me atenta, sem manifestar surpresa, moveu os olhos para o canto superior direito, deu uma risadinha e desfilou seus princípios éticos:

– Meu sobrinho querido, você sabe que sua tia obedece ao regulamento desta casa. Em mais de quarenta anos, e cinco como diretora, jamais violei qualquer regra. É contra meus princípios. E você sabe...

– Que não é totalmente verdade, tia. Lembra-se do tio? A senhora furou a fila de pacientes em espera de internação, pedindo ajuda ao governador, lembra-se? E ainda conseguiu acomodação privada em hospital público, um luxo.

– Como você fala uma coisa dessa na frente de um estranho? Era um segredo de família...

– Pois é, tia. Agora o Dagoberto também sabe.

– Aonde você quer chegar com essa conversa?

– Só provar para a senhora que o Dagoberto é confiável. E o que ele precisa, e já lhe explicou, é apenas de informações. Não vai usá-las como prova, não é mesmo Dagoberto?!

– Sim, claro. Pode ficar tranquila, senhora, daqui não sai nada – e passou os dedos sobre os lábios. Tia Ruth riu, enrugou a testa e seus lábios soaram irônicos:

– Meu sobrinho querido, como você é sedutor – levantou-

-se, deu-me um abraço e, reiterando seu pedido para que fôssemos discretos e não contássemos nada a ninguém, chamou sua secretária, que nos conduziria até a sala onde pastas e pastas de pacientes empilhavam-se em estantes que iam do chão ao teto.

Logo a reconheci. Era Kagami, uma japonesa que viveu durante muitos anos em casa de meus avós e mal falava o português. Meus irmãos e primos, crianças à época, consideravam-na maluca. Só que não. Ela apenas não entendia nossa língua.

Vista tantos anos depois, e bem mais velha, a secretária, alta, morena de cabelos castanhos espalhados sobre os ombros, mostrou-se hábil conhecedora daquelas prateleiras e, em menos de cinco minutos, voltou do fundo do corredor com uma pasta na mão e a entregou a Dagoberto. A única foto do paciente mostrava um rapaz jovem, de seus trinta e poucos anos, cabelos e barbas compridos. Tirando o rosto mais cheinho e os olhos mais vivazes, aquela imagem lembrava-me mais o jovem na praça dizendo que eu nascera há dez mil anos do que propriamente o suspeito que vira na delegacia. De qualquer maneira, a sensação de o conhecer era forte. Comentei com Dagoberto, que continuou lendo as poucas páginas do prontuário sem me dar importância. Terminou a leitura e me fez um resumo bem preguiçoso do que lera:

– Esse cara é um psicopata. Nega cada um dos crimes cometidos. Diz que apenas sonhou, não que os cometeu. Não é curioso? O cara sonha que está matando e está matando mesmo!

– Como assim, Dagô?

– Ué?! Enquanto ele mata, ele está sonhando. Não é uma

coisa que exista pra ele. É um sonho. Só que real. Sonho só na cabeça dele! O primeiro delito foi com sete, oito anos. Ateou fogo no depósito de palha do vizinho, fabricante de colchões, e disse ter sonhado que não ele, mas uma criança parecida com ele, ateou fogo no depósito. Depois, maior de idade, cometeu vários crimes, sempre com identidades trocadas. Quando foi pego, negou os crimes, mas não negou ter sonhado com todos eles. Considerado insano, veio pra cá, mas ficou pouco tempo. Fugiu para queimar, dessa vez a namorada, Alice Maria.

– Bem, Dagô, podemos ir embora? Já conseguiu o que queria.

Enquanto eu falava, um senhor idoso, cabelos grisalhos, com uniforme de faxineiro, entrou no salão. Voltei meus olhos para a porta. De soslaio, vi Dagoberto esconder algumas páginas do prontuário. A secretária voltou e iria nos conduzir, a pedido de minha tia, até o pavilhão onde o investigado ficara internado.

Portais

Antes de sair da sala de arquivo, por alguma razão, o faxineiro sinalizou para que Dagoberto se aproximasse. Cochichou algo. Dagô tirou a foto escondida sob o paletó e mostrou-a. O velho mexeu a cabeça positivamente e apontou para a porta.

No corredor, a caminho do Pavilhão, Dagoberto segurou-me pelo braço, indicando para que retardássemos o passo. Kagami, a secretária, continuou sem se dar conta de que nos distanciávamos. De súbito, Dagoberto empurrou-me para uma sala, tirou a foto do bolso e, segurando-a na ponta dos dedos, esticou o braço, chamando a atenção das pessoas que por lá circulavam. Elas, envolvidas pelo forte cheiro mofento, algumas andando a esmo, outras sentadas nas poltronas velhas e carcomidas, não davam atenção aos chamados de Dagoberto, que mudou de tática. Passou a mostrar a foto a cada uma delas. Mergulhadas em seus delírios e olhares perdidos, mal reagiam à aproximação do investigador. Uma delas, todavia, mudou sua feição ao ver a foto.

– Você conhece? – perguntou Dagoberto.

Ele não respondeu. Ficou olhando. Sorriso nos lábios. Dagoberto voltou a perguntar. Ele continuou sem responder, mantendo os olhos fixos em Dagô, que estava visivelmente incomodado com o silêncio. De súbito, ele virou o rosto em minha direção por alguns segundos e voltou a olhar para Dagoberto. Estendeu a mão e pegou a foto. Devolveu-a e confessou:

– Ajudei-o a fugir. Tinha medo de espelhos. Mas se deu bem. Ultrapassou o portal.

Apesar de falar baixo, sua voz mansa e grave encobria os murmúrios e lamentos dos pacientes pela sala. Dagoberto, sentindo-se à vontade, sentou-se na poltrona à frente. Eu, um pouco inquieto, sentindo-me estranho, continuei em pé, atento às suas palavras:

– Ficou pouco tempo, mas maltrataram ele. Três, quatro vezes por semana tinha que comer o pão feito pelo Diabo. Mostrei-lhe a saída. Só tinha que tomar cuidado com os espelhos. Um labirinto. Perigoso.

Aos poucos, sua voz diminuiu, seus olhos fixaram-se no vazio e as palavras fluíam desconexas, como se estivesse em transe. Dagoberto tentou tirá-lo daquele estado letárgico, fez perguntas, cutucou-o, mas ele continuou imóvel, sussurrando.

Seus olhos, no entanto, brilhavam e pareciam pulsar em contraste com sua fala mecânica, sem vida. Aproximei-me. Eles refletiam duas mulheres numa rua pouco iluminada, uma em pé, na calçada, a outra sentada na mureta. Dois homens caminhavam em sua direção.

Dagoberto dirigiu-se à primeira delas, encostada na mureta. O corte justo do vestido, colado à carne, realçava a arquitetura do quadril e coxas enquanto a generosa abertura em V deixava descoberta parte significativa daqueles fartos seios. Vendo que eu a examinava detalhadamente, Dagoberto advertiu dando uma risadinha:

– Não é o que você pensa. É fake!

Assim que ele parou em frente à jovem, ela não o esperou falar, questionou-o na lata:

– Já pegaram aquele filho da puta?

Dagoberto sorriu, sem graça:

– Estamos perto! Mas preciso de ajuda. Saber onde mora a Babilina.

– Nem pensar. Babilina tá morta. Queimada. Virou cinza.

– Mas preciso falar com a família dela. Saber mais informações...

– Saber o quê? Todos aqui conhecem o gigolô incendiário. Pega ele!

Dagoberto deu dois passos para trás. Tirou o maço de cigarros do bolso, acendeu um e deu uma baforada. Apontou para a outra jovem que, apoiada na janela do carro, conversava com o motorista e questionou:

– Ela é estrangeira, não é?!

– É, e daí? desdenhou a jovem.

– E daí?! – colocou o cigarro na boca, tirou o distintivo do bolso e concluiu – e daí que, se não conseguir o que quero, posso criar problemas. Ela está sem passaporte – apontou para a jovem que entrava no carro – e para você – encostou o distintivo no rosto da moça.

– Tá bem. Tá bem. Babilina mora na Zona Norte. É só procurar a mãe da Maria Alice, a Babilina. Te dou o endereço. Me dá um papel.

Enquanto ela escrevia o endereço, meus olhos começaram a turvar. Deve ser pelos óculos que me incomodam há tempos. Já devia ter trocado. Tirei-os. Pisquei um monte, tentando lubrificá-los, mas minha visão míope aumentou a tal ponto que as imagens se dilataram, ficaram irreconhecíveis. Depois, tudo escureceu num repente.

Sonho sonhado

Acordei irritado. Não pode ser possível tanta coincidência. Desde que Dagoberto envolveu-me em sua investigação, comecei a desconfiar. O que aqueles personagens tinham a ver com uma história que escrevi há mais de dez anos? Primeiro foi o jovem na praça: depois, na delegacia; em seguida, o maluco de Franco da Rocha. Todos pareciam saídos daquela história!

Como pode? Não adianta ficar pensando. Dagoberto é o único que pode me ajudar a esclarecer isso. Levantei e, no lugar de ir à cozinha, preparar o café e fumar um cigarro, como sempre faço, peguei o telefone. Dagoberto atendeu. Tentei explicar o que queria, não consegui. Então lhe propus que nos encontrássemos à tarde no Bar das Empanadas.

Para fugir do barulho irritante dos aparelhos de TV espalhados pelos salões do bar, sentei numa mesa ao fundo e pedi uma cerveja, enquanto esperava a chegada de Dagoberto. Robson, o dono do bar, se aproximou, sorrindo, e me cumprimentou à moda pandêmica, mão contra mão:

– E aí, quando vamos fazer a festa de lançamento de seu livro? O espaço está aberto!

Felizmente, antes de eu dar qualquer resposta evasiva, afinal a decisão é da editora, não minha, Dagoberto entrou. Robson o reconheceu, fez-lhe sinais indicando onde eu estava, cumprimentou-o e nos deixou, dirigindo-se a mim, em voz alta, enquanto saía:

– O espaço continua aberto!

Sem esperar o garçom terminar de nos servir, pigarreei atabalhoadamente.

– Essas pessoas que a gente andou investigando. O tal do incendiário. O maluco do hospício em Franco da Rocha. Aquela prostituta, a Babilina ou Alice Maria, sei lá.

Dagoberto, espantado com minhas palavras, interrompeu-me:

– Do que você está falando? Quem são essas pessoas?

– Cacete! Do que estou falando?! Dessas pessoas que a gente investigou, ou melhor, você investigou.

– Não investiguei ninguém!

– Como não? Você me telefonou. Levou-me até Franco

da Rocha, porque minha tia poderia lhe ajudar. E ela ajudou. Você teve acesso ao prontuário do tal que queimou a mulher no cinema.

O espanto ganhou ar de deboche. Rindo, apontou-me o dedo enquanto falava:

– Levei você para Franco da Rocha?! Cara, o pavilhão que sua tia trabalhava não existe há anos. A única vez que a gente foi junto para Franco da Rocha foi quando um de seus tios morreu. Isso faz anos, décadas, sei lá.

– Isso não é verdade. A gente cruzou essa cidade inteira atrás de informações sobre o incendiário. Fomos até Franco da Rocha, tenho certeza. Não estava sonhando. Foi real.

– Rapaz, acho que você precisa descobrir quem anda sonhando seus sonhos. E que investigação é essa que você tanto fala que eu fiz?

– Dagoberto, você está gozando com a minha cara. Fui até à delegacia, convidado por você, para assistir ao interrogatório...

– Delegacia? Interrogatório? Cara, a última vez que estive em uma delegacia foi em Ibiúna, na ditadura, junto com centenas de estudantes presos pelos milicos. Diz uma coisa, você está acordado ou sonhando? Quem está sonhando por você?

Desorientado pelas suas palavras, levantei-me e fui em direção ao banheiro, que tem um espelho um pouco antes da entrada, decorado por bandeirinhas esportivas, refletindo parte do salão. Antes de entrar, olhei para o espelho e me vi refletido no fundo do beco sem saída. Olhei para trás. Pela entrada do beco passavam algumas pessoas.

www.laranjaoriginal.com.br

Edição Filipe Moreau
Projeto gráfico e capa Marcelo Girard
Produção executiva Bruna Lima
Diagramação IMG3

Dados Internacionais de Catalogação na Publicação (CIP)
(Câmara Brasileira do Livro, SP, Brasil)

Carvalho, Cesar Augusto de
Folhetim : contos / Cesar Augusto de Carvalho. –
São Paulo : Editora Laranja Original, 2024. –
(Coleção rosa manga)

ISBN 978-85-92875-91-6

1. Contos brasileiros I. Título. II. Série.

24-231299 CDD-B869.3

Índices para catálogo sistemático:
1. Contos : Literatura brasileira B869.3
Eliane de Freitas Leite - Bibliotecária - CRB 8/8415

Laranja Original Editora e Produtora Eireli
Rua Isabel de Castela, 126
05445-010 São Paulo SP
contato@laranjaoriginal.com.br

Fontes Janson e Geometric *Papel* Pólen Bold 90 g/m² *Impressão* Psi7 *Tiragem* 150 exemplares